# 神様の棲む
# 猫じゃらし屋敷

木乃子増緒 Masuo Kinoko

アルファポリス文庫



http://www.alphapolis.co.jp/

金木犀《きんもくせい》の花が咲き終わり、真っ赤な南天の実が立冬を告げた霜月《しもつき》のはじめ。

平日の昼前まで惰眠《だみん》を貪《むさぼ》っていた僕の部屋に、いい加減に起きやがれと玄関チャイムがけたたましく鳴り響いた。

大して広くもない１ＤＫ。玄関チャイムとドアノブガチャガチャ攻撃のせいで、素晴らしい惰眠の世界からぬるぬると覚醒《かくせい》。

起きたくない。起きたくはないが、返事をしなくてはあの猛攻は止《や》まないだろう。

「ふあ……」

こんな朝早く……でもないけれど、通販で何かを頼んだ覚えはないから宅配便ではないし、新聞はとっていないので集金でもない。大河ドラマを観るための視聴料も支払っているから、その取り立てでもない。

それなら、誰がこの家を訪れるというのか。

大きな欠伸《あくび》を三回、溢れた涙をパジャマの袖《そで》で拭《ぬぐ》い、ドアスコープから外の様子を窺《うかが》おうとすると。

「在宅していることはわかっているのですよ、啓順《けいじゅん》」

閉ざされた玄関ドアの向こうで、冷ややかながらもしっかりとした声が、招きたくない人物であることを告げた。

「ばあちゃん⁉」

「誰がババァですか！　無礼な口を叩くと、庭の渋柿を食べさせますよ！」

しばらく会っていなかった祖母の声に、寝ぼけていた頭が今度こそ覚める。

激動の時代を生き抜いた祖母は、僕にとってこの世で一番逆らってはならない人だ。恩があるだけではない。数年前に海外勤務となってこの日甦本国《ニフボンコク》を出た父とともに母も海を渡り、一人残された僕のお目付役として、口やかましい親代理として、祖母は温かくもないけど見守ってくれている。

寝ぐせだらけの髪の毛を放置し、パジャマのシャツの裾《すそ》を慌ててズボンに入れた。寝起きだから服装の乱れは許してほしいところだが、祖母相手にそれは通じない。

「今！　今、開けますから！」

慌てて玄関ドアに飛びつき、チェーンとロックを外す。

扉を開ける前に、乱雑な玄関を足で整理して……といっても、転がっている靴を端に寄せるだけだ。

外開きのドアをゆっくりと開けば、そこには品の良い藍色《あいいろ》の京友禅を身に纏《まと》った老齢の女性。年齢よりも若くとても美しい容姿をした小柄な祖母は、ぴんと背筋を伸ばしていた。

僕も背筋をぴんと伸ばし、両手で寝ぐせを押さえつける。

祖母は単身者向けの狭くて薄暗いアパートには不釣り合いな出で立《いた》ちで、いつもと同じく不機嫌そうに花柄のハンカチで鼻を押さえている。この部屋の前が異様に臭いというわけではない。これが、祖母の癖《くせ》なのだ。

「お、お、おはようございます……？」

「はい、おはようございます。ですが啓順、時刻は午前十一時を回っております。世間では『こんにちは』と挨拶をする時間帯ではございませんの？」

「こ……コンニチハ」

「はい、こんにちは」

祖母の言うことは正しい。

だけど、なぜ今この時間にここにいるのか、疑問に思うくらいは許されるだろう。

激しい寝ぐせによれよれのパジャマ姿のままで出迎えた僕を一瞥《いちべつ》すると、祖母はハンカチで鼻を押さえたまま、有無を言わさず部屋に入ってきた。

玄関前には黒いスーツを着た、屈強《くっきょう》そうなボディーガードが二人。なぜマッチョな外国人なのかはさておき、彼らに中に入るよう声をかけても、静かに顔を左右に振るだけ。これもいつものことだ。相変わらずだなと彼らに頭を下げてから扉を静かに閉めた。

祖母は狭い部屋に入ってすぐ、ベランダ側の大きな窓を開け放った。

まるで僕の部屋の空気が悪いみたいじゃないかと思いつつ、口には出さずにぐしゃぐしゃのベッドを慌てて整える。脱ぎ散らかしていた洋服を拾い集め、布団の下にねじ込んだ。靴下の片方が見つからないが、探している暇はない。

よれよれのカーディガンを羽織《はお》り、押し入れに突っ込んだままだった祖母専用の絹の座布団を取り出す。

しまった、もう半年以上日に干していないからカビ臭いかもしれない。消臭スプレーってどこだっけ。トイレ？　やっべ、玄関に置いたままだ。

「今さら取り繕《つくろ》う必要はありません」

玄関へ急ぎ消臭スプレーを取りに行こうとしたら、祖母はこちらを振り向き静かに言った。

祖母はそこらへんに落ちていたフェイスタオルでフローリングをささっと拭《ふ》くと、ゆっくりと腰を下ろす。

ぴしりと伸びた背筋を見ると、妙な緊張感が走る。

「ばあちゃ……」

「誰がババァですか」

「言ってませんって！」

ばあちゃんとババァは全然違うと思うのだけれど、祖母からすると一緒らしい。

「わたくしは貴方《あなた》の祖母ではありますが、ババァなどと呼ばれるほど老いているつもりはございませんよ？　大体、老婆という言葉も気に入りません。女性はいくら年を重ねても女性であり続けていたいと願うもの。それをババァだのばあちゃんだのと勝手な呼び方をして。昨今のテレビのリポーターも、老齢の女性に声をかけるときにおばあちゃん、なんて言うのですよ。誰が、いつ貴方のおばあちゃんになったのかしらね。ああ、なんて無礼な」

祖母と会って話をするのはひと月半ぶりだが、よく動く舌は絶好調のようだ。

由緒《ゆいしょ》正しい家柄に生まれ、蝶《ちょう》よ花よお姫様よと育てられた祖母は、厳格な性格の上、自分にも身内にも他人にも厳しい。孫である僕に対しての躾《しつけ》は親以上に厳しく、箸の持ち方から正座の仕方、扉の開き方に靴の脱ぎ方まで事細かに教わった。そんなの教わったところで、お花やお茶を仕事にするわけじゃあるまいし、何の役に立つんだと憤《いきどお》ったこともある。

まあ、社会に出てから食べ方が綺麗だとか、歩き方に品を感じるなどと言われることがあるから、まったく無意味だったわけじゃないけど。

祖母に教えてもらった座り方で正座をすると、祖母は鼻を押さえていたハンカチをようやく外した。

「あの、ばっ……えーと、ツマ子さん。今日はどういったご用件ですか」

祖母を名前で呼ばなければ、また怒鳴られる。ばあちゃんはばあちゃんに違いないのに、妙なところで拘《こだわ》るんだよな。

「貴方、わたくしに何か言わなければならないことがあるのではなくて？」

「……言わなければならないこと、ですか？　ええと、体重が一キロ減りました」

「そのようなことは誤差の範囲内です。そうではありません」

わかってはいたが、この祖母を誤魔化《ごまか》すことなどできない。体重のわずかな変化よりも、もっと大変なことが起こっている。それは黙ったままでいたかったのに。

お茶でも出したほうがいいのかな。でも冷蔵庫には炭酸飲料しか入っていない。お茶のパックならあるけど、お茶っ葉はどうだったかな……そもそも急須はあったっけ。

「お茶はいりません。どうせろくな茶葉は揃《そろ》っていないのでしょうから」

「あっ、はい」

立ち上がろうとしていたところを、祖母が鋭く制止した。混沌《こんとん》とした流しの下の棚を開けることにならなくてよかった。

「取り調べを受ける前に、なぜわたくしに連絡をしなかったのですか」

やっべ。

完全にバレてる。

ゴタゴタは昨夜終わったばかりだというのに、どうやって知ったんだ。僕は祖母に連絡なんてしていないし、数少ない友人にも黙ったまま。外に漏れるはずがない。

「取り調べって……容疑者でも被疑者でもないんですから、やめてください」

「警察に話を聞かれた時点で同じようなものでしょう。ですから、わたくしが勧める会社になさいとあれほど言ったではありませんか」

「それは、わかっています。わかっていましたけど、自分の勘を信じたかったと言いますか、雰囲気が良かったんですよね」

そもそも祖母に紹介された就職先は、僕なんかがしれっと入っていい職場ではない。都心のお洒落《しゃれ》な高層ビル群に本社を構えているような、有名な会社ばかり。

そんな大企業に二流大学出の僕がコネ入社なんてしてみろ。周りに馴染めず隅に隅にと追いやられ、気がつけば社内のお荷物と化すのが目に見えている。そりゃ僕の努力次第かもしれないが、人には向き不向きっていうのがあるんだ。

祖母は僕をじろりと睨《にら》みつけると、静かに言う。

「雰囲気が良いからと言って、警察の強制捜査を受ける会社がありますか」

あちゃー。

もう誤魔化しなんて利《き》かない。そもそも、この祖母相手に口で勝てるわけがないんだ。いや、口に限らず、合気道だか気功だかに精通している祖母は、腕っぷしも強い。

祖母の厳しい視線から目を逸《そ》らし、カーテンレールの上にたまった埃《ほこり》を見つめる。

祖母の言うことは正しい。わかっている。見る目がなかったのは自分なんだと。

大学卒業後、特に何がしたいわけでもなくふらふらとアルバイトをしていた僕に、両親が突然、仕送りを減らすと宣言した。そりゃ、卒業後は就職すると約束していたのに、なかなか勤め先を決められずに半年経過していたのだから無理もない。両親は僕ののんびりとした性格を把握し、発破《はっぱ》をかけるためにそんな宣言をしてきたのだろう。それはわかる。

だから僕は、勤め先を吟味せずフィーリング優先で選んだ。つまりは妥協したってことなんだけど。

勤め先は少数精鋭の投資会社。投資については何一つ知らなかったが、業務部に配属されて主にパソコンで顧客管理をする仕事をした。事務の女性は優しくて、上司にも可愛がってもらえて、僕としては居心地が好《よ》かったんだ。

だけど、経営者と重役たちがまさか顧客の資産を私的に流用しているだなんてさ。末端の僕に気づけるはずがないだろう。そもそも投資についてよくわかってないんだから。

つまりは詐欺《さぎ》まがいのことをしていたわけで、顧客からの通報により、会社は警察の強制捜査を受けたのだった。

「なんといいますか、それは、あの、ええと……」

「言い訳はよろしい。なぜ警察が来た時点でわたくしに連絡をしなかったのですか。すぐにでも五十貝《いそがい》さんに出向いてもらったものを」

「ただの平社員にツマ子さん専属の弁護士先生なんて、もったいないです」

「ただの平社員ではないでしょう。貴方はわたくしの大切な孫。大海原《わたのはら》家の次期当主ではありませんか」

「いやいやっ、とうちゃっ……父、父がいるじゃん！」

「日obl本国《わがくに》が狭いなどと言い訳をして米国《ヨネコク》に逃げた男など、次期当主とは認めません」

ああ言えばこう言う。

そもそも大海原の当主がどうの、なんて言っているけど、鎌倉市に古臭い屋敷を構えているだけじゃないか。

家格なんてよくわからないし、祖母の由緒正しい血筋というのも怪しいものだ。ご先祖様の名前は歴史の表舞台に一切出てこない。それだけで決めつけるわけじゃないが、怪しむには充分だと思う。

確かに祖母は謎に包まれている。自由奔放《ほんぽう》に生きている父とは違い、何かに縛られ、自分を戒《いまし》めながら生きているような気がする。

常に屈強なボディーガードを二人引き連れ、黒い大きな防弾車には専用の運転手。鎌倉《レンソウ》にある古い屋敷にはお手伝いさんが数人常駐。

かといって、祖母の家が何か事業を営《いとな》んでいるというわけではない。それなのに祖母は高級そうな着物を常に身につけているし、僕に着せようとする服も、全て名のあるハイブランドだ。

膨大な収入源は何なのか聞いても、父は教えてはくれなかった。「知らないほうが幸せってこともあるさ！」なんて、鬱陶《うっとう》しいくらいの爽《さわ》やかな笑顔で適当なことを言っていたっけ。

「それで、今はどうなりました」

祖母は膝《ひざ》に置いていた巾着袋から唐草模様のがま口財布を手に取り、中から白い名刺を取り出した。いや名刺ではないらしい。薄桃色の花びらが描かれているメモ帳だ。

「事情聴取……じゃなくて、いろいろと聞かれるのは終わったと思います。また何かあったら連絡すると言っていましたが、三週間以上連絡はありません」

「連絡などなくてよろしい。後は五十貝さんに任せなさい」

「いや、ですから腕利きの弁護士先生に頼むほどじゃありませんて」

「頼んでおけば、何度も警察署に赴《おもむ》くことなどありませんでした」

「なんでそこまで知っているんですか」

警察が祖母に情報漏洩《ろうえい》でもしているのだろうか。いくらなんでも、そんな真似《まね》はしないだろう。まさかこの部屋に盗聴器が？　いや待て、部屋で警察云々なんて言った覚えはない。そりゃ愚痴《ぐち》くらいは言うけどさ。それだって、可愛い独り言程度だ。

「貴方が隠そうとすることは、わたくしに筒抜けです」

「ばあちゃん、忍者でも雇っているの？」

「誰がババァですか！」

祖母はきりりとした眉をさらに吊り上げ、埃まみれのちゃぶ台をバシンと手で叩いた。爪の先まで美しく整った手に、埃が舞う舞う。

「ツマ子さん、えっと、お気遣いありがとうございます？」

「はじめからそう仰《おっしゃ》い。ここに五十貝さんの連絡先がありますから」

「いやいや、そういうこっちゃないです。会社は辞めてしまいましたが、今月いっぱいくらいはゆっくりしようかなと」

「ゆっくりしている余裕が貴方にありますか。貯金は残り二十八万七千四十五円でしょう」

　なんで知ってんだ！　預金残高なんて、僕でさえざっくりとしか把握してないのに！

　怖い。本当に怖い、このばあちゃん。

「それじゃあ、ちょっとだけ融資をしていただけるとか……？」

「ハイリスクでリターンがまったくなさそうな貴方に投資をするのですか？　ははっ」

　やめて笑わないで。笑うなら目も笑って。

　ばあちゃん、金持ちそうなのに財布の紐《ひも》は堅いんだからな。

　そのおかげで、僕には浪費癖などつかなかった。ただ、服装や鞄などの人から見られるものには拘れ、安物を身につけてふらふらウロつくな、と言われ続けたのだ。

　いやいや、安物こそ汚れを気にせず着られるんじゃないかと主張したが、汚れないよう振る舞いなさいと反論されれば何も言えず。

　僕が金持ちのボンボンだと勘違いした同級生からは、妙に懐《なつ》かれたことも多々あったっけ。

「それじゃあ、何をしに来たんですか。僕は次の働き先をまだ決めていませんし、ばあ……ツマ子さんの推薦先の巨大企業には絶対に行きませんよ」

「一昨年に貴方が頑《かたく》なに拒《こば》んだ企業を再度勧めようとは思いません。ですが、ぼんやりしている暇もありませんでしょう」

「せめて今月中だけはぼんやりさせてください」

「貴方にはぼんやりと立ち止まる暇はありません」

駄目だ。祖母は思い込むと突っ走るイノシシなのだ。しかも、本人に悪気は一切ない。正論に正論を重ね、有無を言わさず強引に事を進める。

大手企業への就職だけは駄目だ。

凡人の僕が能力者だらけの中に放り込まれて、無事に生き延びられるとは思えない。胃袋をズタボロにされて入院するのがオチだ。僕の精神はそんなに強くない。

「貴方も二十四になるのですから、そろそろお会いするべきですね」

「え。誰に？」

「何ですか？」

「ええと、どなたにお会いすればよろしいのでしょうか？」

とっさに出てしまった言葉遣いを直して再度問うと、祖母は先ほどのメモ帳をすっと差し出した。埃にまみれたちゃぶ台の上に、桜色の上品なメモ帳。それには都心部の住所が書かれていた。それと、人の名前。

「ゆぎょう、ひ、いこ？」

「遊行ひいこさんです。我ら大海原一族がその身をお守りしてきた、大切なお方です」

「お守りしてきた？」

「明日にでもお会いしてきなさい。よろしいですか？　これはわたくしからの命令です」

「そんな横暴な！」

「横暴なものですか。どうせ明日も明後日も昼まで眠るだけなのでしょう？　そんな非生産的なことをするものではありません。貴方は若いと言われる歳ではありますが、時間というものは決して止まることがないのです。貴方は刻一刻とその命を燃やしているのです。無駄に」

こうやっていつも祖母は年齢についてしつこいほど語ってくる。怠惰《たいだ》に時間を使うなとか、懸命に生きなさいだとか。

無論、祖母に反論などできるわけがない。祖母が言っていることはいつも正しい。

それは、わかっている。

だけど、二十四歳相手に日々を噛み締めて生きろと言っても、右から左へと流れるだけだ。

幸いにも五体満足健康で、明日の命の心配をする必要はない。

ガツガツしなくてもまだ若いんだし、という大義名分がある。

そりゃ、あと十年もこの生活が続くだなんて思っていない。そこまで甘い考えはないけど、祖母に言ったところで、月末までゆっくりしたいという考え自体が甘いのだと切り捨てられるだろう。

明日の惰眠を取るよりも、祖母の命令を素直に聞いたほうが平和に過ごせる。どうせ祖母の言うことには逆らえないのだから。

僕はメモを手にし、書かれている名前を指でなぞった。

「ツマ子さん、この……ひいこさんって誰、どなた、ですか？」

「わたくしが説明するまでもありません。実際にお会いして、貴方自身で確かめなさい」

いつも質問したことに対して的確な返答をする祖母にしては、珍しく言葉を濁《にご》した。

＋＋＋

祖母の座右の銘《めい》は、有言実行。

思ったことや言ったことは即実行、即行動。誰よりも自らの言葉に責任を持つ人だから、反論もできない。

言ったことには責任を持ちなさい、と言わんばかりに、祖母が帰宅した数分後には電車の乗換案内画像がスマホに届き、その数分後には郵便ポストに数万円分チャージ済みの電子マネーカードが投函《とうかん》された。誰がどうして、なんて疑問にも思わない。こんな珍事はよくあること。

たとえ相手が全力で拒否をしようとも、あーあー知りませーんと聞く耳を持たず。むしろそれ以上拒否できないよう、じりじりと追い詰めていく。

つまりは絶対に言うことを聞きやがれ、言うことを聞かないとてめぇどうなるかわかっていやがんのか、ということだろう。

祖母は、何でもかんでも自分の思い通りにしないと気が済まないのだ。強情で頑固なところは僕とそっくり。でも僕はあそこまで偏屈《へんくつ》じゃない。

この数日間は、買ったばかりのアニメ円盤を堪能《たんのう》しようと思ったのに、見ず知らずの人に会わなければならなくなった。しかも、都心へ赴かなくてはいけない。やだなあ。

「白線の内側へお下がりください」

久しぶりの電車。

ホームに女性の合成音声が響き、流線型の青い電車がするりと停車する。

ほんの数か月前までは、この電車に毎日乗っていた。

朝のラッシュ時、座れたことはない。周りからは『気が弱くて騙《だま》されそうな顔をしている』と評判の僕なので、痴漢《ちかん》に間違われないよう、いつも両手でつり革を持っていた。おかげで下車するときは指先が冷たくなっていたっけ。

ラッシュのピークを過ぎたのか、電車内には空席が目立った。

僕の家の最寄りは、長距離電車の始発から三つ目の駅。あまり賑《にぎ》やかではないけれど、この閑散《かんさん》とした空気感が大好きだ。

午前中なのにすでにくたびれた格好をしているスーツのサラリーマンを眺め、ああ自分も彼の仲間だったはずなのにと、妙な疎外感に襲われる。

疲れる日々だったけれど、今や寂しさを覚えているんだから不思議。

仕事はきついこともあったたし、行きたくない日もたくさんあった。それでも続けられたのは、事務やパートのテレアポさんたちのおかげ。僕よりも若いパートさんが頑張っているのだから、正社員の自分が負けてなるものかと頑張れた。

貯金はほとんどなくて、頼りたい両親は海外在住。最強の祖母に頼ろうものなら、どんな仕打ちが待ち受けているのかわからない。

本当は、今月いっぱいぐたぐたしていていいのかと不安だった。

そんな時に降って湧いた祖母からの無理難題。面倒くさいが、数万円分の臨時収入は正直ありがたい。長距離電車での移動は辛いけれど、これもお金のため。

ペンギンのイラストが描かれたカードを触りながら、昼飯に何を食べるか考える前に祖母からのミッションを再度確認する。両隣が空いている席に座り、祖母のメモをパーカーのポケットから取り出した。

何度見ても、書いてあるのは住所と、名前だけ。

遊行ひいこ
東京《トーケイ》都新宿《ニイスク》区西新宿《ニシニイスク》二丁目八‐九十九‐三

有名な人なのかと思い、インターネットで検索してみた。だけど、かすりもしない。どこかの寺の名前は出てきたが、関係はなさそうだ。

それよりも気になったのは、地図を確認しようと住所で検索してみたら、それも一切引っかからなかったこと。この情報化社会ではありえない。

ＳＮＳをやらない僕みたいな場合、確かに名前で検索しても情報は何もわからないが、アパートの住所を検索すれば画像付きで建物が出てくるのに。

実は犯罪者とか……？

あの秘密主義な祖母のことだ。国際指名手配犯と茶飲み友達になっていたとしても驚かないぞ。

とはいえ、そもそもひ弱な僕と犯罪者を引き合わせようなんてしないだろう。賢いＦＢＩ捜査官じゃあるまいし、僕にどうこうできるとは思えない。だから、それはないとして。

祖母は、一族が守ってきた、って言った。初耳なんだけど。大海原ってボディーガードでもやってきたのか？　いや、父は僕と同じくひ弱。腕相撲は母のほうが強い。

「単純に、ばあちゃんの友達。その友達を守っている……？」

ぽつりと口にしてみて、ストンと納得。

庭に現れた凶暴な猪《イノシシ》すら、祖母にかかれば謎の迫力によって大人しいペットになってしまう。これは冗談でも盛っているわけでもない。実際に祖母の家では、猛犬ならぬ猛猪が縁側で日向ぼっこをしているのだ。体重九十キロ強の巨大猪が、ポメラニアンのポテトちゃんと同居という珍事が起こっている。

「次は横浜、横浜《オウヒン》」

車内アナウンスが乗り換えの駅名を告げる。

インターネットで探せなかった住所。謎の女性の名前。紹介者は、ばあちゃん。やっぱり帰る、なんて今さら言えない。そんなことをしたら、この手に持っている電子マネーカードを没収される。調子こいて朝から雑誌やお菓子をたくさん買い込んだこともバレる。

せめて、この消費額ぶんは働かないと。

腹を括《くく》った僕は車窓の外を流れる景色を眺めながら、ついでに週刊誌を買ってしまおうと決めた。

+++

日麩本《ニフポン》国首都、東京《トーケイ》都。

数千年の歴史を持つこの国は、大海原《おおうなばら》にぽつんと浮かぶ小さな島国だ。

世界の大国に比べれば国土は狭いが、希少な鉱石や化石燃料などの天然資源が豊富に採れる、富裕先進国である。

世界大戦に幾度《いくど》となく巻き込まれそうになるたびに、島国特権である鎖国《さこく》発令をし、戦争やめなければ希少鉱石や燃料を輸出してやんないもんね、と全国民が一丸となって引きこもる性質がある、世界に類を見ない変な国だ。

そう考えると、祖母の考えってこの国の政治と似ているんだよな。普段は穏やかなのに、時として思い通りにならないと牙を剥《む》く。

祖母の場合はマシンガントークだが、この国の場合引きこもり。日麩本産の鉱石や燃料がなければ、滅んでしまう国や企業が世界にたくさんあるのだ。

その豊富な資源をうまく利用して世界有数の先進国となった日麩本は、今なお発展を続ける理想国家。まるで神様のご加護があるかのごとく、これまで何度も他国からの侵略を乗り越えてきた。

大都会ながらも四方を数千メートル級の山々に囲まれた盆地にあるのが、首都東京《トーケイ》。この周りにある馬鹿でかい山々の全てが、燃やせば長時間熱を放ち続ける天然の燃料の宝庫なのだ。あと数万年、数百万年は、暖かく暮らしていけるだけの資源が眠っているらしい。

その首都にある高層ビル群が立ち並ぶ区画を、新宿区《ニイスク》と呼ぶ。国の重要な機関が集まる中枢《ちゅうすう》、心臓部だ。高い山々に負けじと高層ビル群が天高く聳《そび》え、そのビルの合間を最新の飛行車《エアカー》が飛び交う。

「都会だなあ」

駅を出てから数十分、徒歩で移動。バスを使えば早いのだが、歩けば着くのだからバス代をケチッた。

天まで聳え立つ巨大庁舎を見上げながら、眩《まばゆ》く輝く太陽に目を細める。

高層ビルには巨大な空気清浄機を設置する義務があるため、大都会といえども空気は汚れていない。数年前に就任した日麩本国大統領の発令で、自然環境を大切にしましょうキャンペーンを絶賛実施中。空気を汚すガソリン車が全面廃止されたのは、数年前のことだった。

祖母のメモに書かれている住所は、ここらへんのはず。どこもかしこも高層ビルに囲まれていて、とても個人の住居があるとは思えない。

「二丁目八の九十九の三ってどこだ？」

そもそも住所のインターネット検索ができないのが悪い。地図アプリを起動すれば道に迷うことなんてないのに、このご時世、住所登録されていないなんて。

「うーん……」

誰かに聞こうにも、今は午前十時半。

サラリーマンやOLは就業中だろうし、こんなオフィス街でうろうろしているのは観光客くらい。観光客に道を聞いてもな。

さて、どうするか。

一応、ここまでやってきたのだから、探してみたけど該当する住所を見つけられませんでした、と報告するのもありだ。だって検索できないんだから。生まれた時からインターネットが当たり前にある僕の世代にとって、『検索エンジンが使えませんごめんなさい』は正直死活問題だ。

よし、言い訳はできた。

二丁目の七番地まで来たけれど、八番地は見つからなかったと言えばいい。嘘ではないから、祖母も許してくれるはずだ。

そうと決まれば、電子マネーカードを返せと言われる前に、腹が壊れる寸前まで飲み食いしよう。

さて回れ右をして、と。

「にゃーん」

駅で回転寿司を探すつもりで歩き出した足は、一匹の猫の鳴き声で止まった。

「……猫」

「にゃん」

「……なんでこんなオフィス街に？」

猫と呼ぶにはあまりにも太く、タヌキと呼ぶには愛らしい鳴き声。

「にゃーんにゃにゃにゃ、にゃーにゃーにゃんにゃん」

茶虎のデブ猫は、腹毛を地面にこすりながらのしりのしりと僕に近寄ってきた。顔面を強打したようにまっ平らな特徴のある顔をしているが、鳴き声はとても可愛い。これなんていう種類だっけ。エキゾチックショートヘア？

猫は好きだ。住んでいるアパートでは飼えないけれど、いつか飼いたいと思っている。

祖母の家で飼ってくれないかなと思っていた矢先に、巨大猪が居座ることになった。同居のポメラニアンとはうまくやっているらしいが、猫はどうだろう。

「お前、迷子なのか？　ここらへんで……誰かに飼われているのか？」

「にゃーん」

野良猫にしては毛ヅヤがとてもいい。片耳に切り込みはないから、避妊去勢手術はされていない。いや、もしかしたらされているのかもしれないけど、そもそもオスメスどっち？

それにしても、だいぶ肥《こ》えているな。見境なしに餌を与えているせいだろう。これはこれでたまらなく可愛いが、健康面が心配だ。

「にゃんにゃにゃーにゃ」

野良猫には、触らせてくれる個体もいる。たいていは全力疾走で逃げられてしまうが、この肥えた猫はよく喋《しゃべ》るし、逃げるそぶりも見せない。

ゆっくりと手のひらを近づけ、驚かさないよう背を撫《な》でる。つやつやでしなやかな毛。きちんと洗われ、ブラシを通された毛だ。

オフィス街の、国の中枢のど真ん中で、お洒落なビルの目の前で、道端にしゃがみ込んで茶虎のデブ猫をひたすら撫でる。ああ可愛い。

猫は気持ちよさそうにごろごろと喉《のど》を鳴らすと、もっと撫でろと身体を僕の足にこすりつけてきた。

なんだよこいつ、超可愛いじゃんか。

「お前の飼い主はどこなんだ？　あっちにあった大通り公園が縄張り？」

「にゃんにゃー」

「そうだよなー、わからないよなー」

猫相手に会話してしまうのは、猫好きの性質《サガ》。

たとえ言葉が通じずとも、何かを訴えてくるのならば、それに応《こた》えなければならないのだ。

茶虎模様のふくよかな猫は、黄金色の瞳《ひとみ》をぱちぱちと瞬《またた》かせ――

「いつまで撫でているんだい」

おっさん声で語りかけてきた。

先が鉤《かぎ》状になっている長い尻尾を左右にゆっくりと揺らめかせ、猫は僕の足元でやれやれと座った。手足が短い種なのかと思いきや、腹の肉が出っ張りすぎて、短く見えるだけのようだ。

「あー、ちいっと耳の横っちょをこりこりしてくれや」

虎猫は前足をちょいちょいと耳に触れ、そこをかけと促《うなが》す。

いや、そりゃまあ、触らせてくれるっていうのなら喜んでこりこりしてやるけどさ。

さっきから何だろう。どこからか、おっさんの声が聞こえてくる。

背後を振り向いても、空を見上げても、左右前方を確認しても、人はおろかスピーカーのようなものさえ見当たらない。おかしいな。

「おうっ、おうおうっ……そこそこそこっ……」

虎猫の耳の後ろから首回り、たふんとした肉がついた顎《あご》までもを指で小刻みにかいてやると、猫は目を糸のように細めて舌をダラリとだらしなく垂らした。これはそうとう気持ちが良さそうだ。喉も激しくごろごろと鳴っている。

このたるんだ肉と、ふわふわの冬毛がたまりませんな。野良猫だと毛がオイリーな感じがするのだが、この猫はやはり飼い猫のようだ。毛がふわふわでさらさら。友人の家で飼っている愛猫を撫でた時の感触に似ている。ちなみに、その友人の猫には腕を噛まれたという、よいおもいで。

「なんだい兄ちゃん、猫《おいら》の泣きどころをよく知っているじゃねぇか。猫《なかま》の匂いがちいっともしねぇから、油断しちまったぜ」

現実逃避をしまくっている場合ではなかった。

さっきから聞こえてくるこの声。まるで目の前のこのデブい茶虎猫が喋っているように思えるんだが、そんなまさか……まさかねえ。やめよう白昼夢《はくちゅうむ》。ヤバいクスリ、ダメ、絶対。

「もっと耳をこりこりしてもらいてぇんだが、往来で呑気《のんき》にくっちゃべっている暇はねぇ」

いやー。

どう考えても、目の前の猫が喋っているようにしか思えない。自分でも何を考えているんだって何度も否定するたび、猫は饒舌《じょうぜつ》に語る。

この猫、実はネコボットとかいう最新のロボ的な何かなんじゃないかな。ほら、最先端科学がどうのこうのって、夕方のニュースで美人キャスターがキャッキャとリポートしているようなやつ。

会社を辞めてから働いている人をあまり見たくなかったので、テレビもほとんどつけてなかったからなあ。すごいなあ。科学って日進月歩。

「ほれ、とっととおいらのことを抱っこしてくんな。最近は地面が腹をこすりやがって、うまく歩けやしねえ」

猫は尻尾をふりふり、短くはないが短く見える手で僕の膝をぺしぺしと猫パンチ。

やっべぇ可愛い。可愛いがしかし、何だかこの猫がおっさんに思えてきた。

最新のネコボット（仮名）は凄いなー。どこの企業が作ったんだろう。こんな往来のど真ん中に出てきて、うんこ座りをしている怪しげな青年（僕）に猫パンチしているんだけど、回収お願いしまーす。

「ほれほれ、ぼさっとしているんじゃねぇよ。わけぇやつはとっとと歩け、歩け！」

さあさあ抱っこしなさいと、にょろりと二本足で立った猫は、ずいぶんと放漫な身体で偉そうに胸を張り、短く見える両手を腰にあてて怒鳴った。

＋＋＋

両手と腰と足に、ずっしりと感じる重み。

ペットボトル何本ぶんだろうかと考えながら、ケラケラと笑う猫を落とさないように抱え直した。

僕は背が高いほうではない。かといって日《ニ》麩《フ》本《ポン》人の平均身長はあるから、低いとも言えない。だけど体重は平均以上。ぽっちゃりだと祖母に言ったら、鼻で笑われた。うるさい、どうせデブだよ。でも筋肉なら少しはあるんだからな。

「兄ちゃん、猫好きだろう。ええっ？」

さっきから一方的に喋っている……猫。

両手で抱えているのに、腕の隙間から無駄な肉と脂肪と、もふっとした毛がはみ出まくっている。二リットルのペットボトルを五本は抱いているような、そんな重量。

もっと重たいかもしれない。

柔らかな肉の感触と、滑《なめ》らかな手触りの毛並み。耳はせわしなく小刻みに動き、ヒゲは風を感じながらヒクヒクと蠢《うごめ》いている。

リアルだな。昨今の人造ロボ的なあのアレは、やたらとリアルだ。

猫と言葉が通じたならば、あんなことやこんなことを話そうと妄想していたけれど、全て吹き飛んだ。人間、いざ妄想が現実になると、頭が真っ白になるんだな。

「抱っこの仕方がちげぇんだな。おいらのことを落とさないように気を使っていやがるだろう？　わかるんだぁな、こいつがよ」

ところでこの茶虎のデブ猫、江戸っ子なべらんめい口調でよくまあ喋ること喋ること。ふさふさの鉤尻尾で僕の腕をぺしぺしと叩きつつ、ご機嫌で話しかけてくる。動力はリチウムイオン電池だろうか。それともソーラー発電？　まさか新型の核融合エンジンだったとしたらどうしよう。猫を連れ去ったことで謎の組織に追われることになったりして。

「おっ、あっこに見えるケイトウの花を左な」

僕の妄想や焦《あせ》りを知らずに、猫は機嫌よく話す。顎をくいっとやるだけで、僕の腕から降りようとしない。ずっしりもっちりとした身体がそろそろ僕の腕を壊しにかかっているんだが、猫はごろごろと喉を鳴らしながらこのまま進むつもりのようだ。

「あの、猫さん」

「へへっ、おいらぁ、そんな上等なモンじゃねぇよ。おいらはな、ヒガシ横丁の寅次《トラツグ》っていうんだよ」

「トラちゃん」

「トラツグだ。軟弱な家猫みたいな名前で呼ぶんじゃねぇ」

「あっ、すみません。トラさん」

「へへっ、それでいいんだよ」

茶虎のデブ猫——トラツグは、不本意な呼び名に一瞬シャッと牙を剥《む》いたが、僕の腕から降りようとはしない。もうこれ完全に最新のロボだよな。都会は凄い。本物の猫そっくりのロボが往来を闊歩《かっぽ》しているのか。

僕はたまたま遭遇しただけであって、どこぞの大企業のトップシークレットかもしれないネコボット（仮）を盗み出したわけじゃないんですよー。

この猫がどこかに連れていけって言うから！

……さて、この言い訳が通じるだろうか。もう警察の取り調べなんか受けたくない。あの閉鎖的な取調室は二度と入りたくない。マジックミラーであろう小窓を見た時にはテレビドラマみたいだと興奮してしまったが、壁に飛び散った茶色い液体の痕跡《こんせき》が気になって気になって。

「おい兄ちゃん、おいらの話を聞いていたのかい？　ケイトウの花を左って言ったろう」

「へ？」

トラさんはビルの敷地内に生えている赤や黄色のカラフルな植物に前足を向け、続いて僕の腕を叩いた。

「ケイトウって、この花のこと？　ですか？」

「なんだいなんだい、知らねぇのかい。ッカー、粋《いき》じゃねぇなあ。鳥のトサカに似ているけったいな形状だから、鶏頭《とりあたま》って書いてケイトウ、って読むんだ」

「へえー」

もさもさした変な植物だな、としか思わなかった。これがケイトウ。鳥のトサカに似ている花。なるほどな。

ネコボット（仮）にはインターネット検索機能でもついているのだろうか。優秀だな。

「植物の名前くれぇ、覚えておいてやれよ。アイツ等だって必死に生きてやがるんだ」

猫に諭《さと》されてしまった。

まるで祖母のようなことを言う猫だ。いや、猫かどうかは怪しいけれど。

赤や黄色のもさもさしたケイトウの花が咲き乱れる花壇を左に進み、高層ビルの陰になっている路地に出た。車一台がやっと通れるくらいの狭い道。

今まで歩いてきた通りは広くて綺麗に整備されていたのに、ここはアスファルトがぼこぼこで、あちこちヒビが入っている。ヒビの隙間から雑草が生えていて、植物の生命力が感じられた。

「しばらく進めよ？　なあに、おめぇさんの不安はおいらが全部持ってやるからよ」

ずっしりと。

みっちりとした重さの猫は、そう笑ってくくくと喉を鳴らす。

不安はあるけれど、それよりも腕がそろそろしびれてきた。

猫は好きだが、ここまでの重量級を抱きながら歩くことは想定していなかった。今が真夏じゃなくて本当に良かった。

高層ビルの陰に完全に隠れたでこぼこの細い路地は、先に先にと続く。

アスファルトがとうとうなくなり、砂利《じゃり》道へと変わった。都心部で砂利道。ここは未開発なのだろうか。

「おう、ここだぜ兄ちゃん。苦労かけたな」

トラさんが短く見える前足を真っすぐに伸ばした。

細い道のど真ん中で、何を指しているのかと、まるい前足の先に視線を向けたら。

そこは、雑草畑だった。

いや、エノコログサ……つまりは、猫じゃらしが大量に生えている民家の庭だった。

大都会の高層ビルに囲まれた狭い路地裏に、突然現れた猫じゃらし屋敷。

「にゃん」

トラさんは目を糸のように細め、にやりと笑った。

アスファルトとコンクリで整備された国の中枢。

空を覆い隠す鉄と石とガラスの要塞に囲まれた、その真ん中に。

古い日麩本《ニフボン》式家屋がぽつりとあった。広々とした空の下、これでもかと太陽を浴びた雑草や猫じゃらしが風に泳いでいる。

城壁のごとく積まれた石の塀が敷地をぐるりと取り囲み、塀のあちこちにタンポポの花が咲いている。

雑草が生え放題の庭は、玄関までのアプローチを完全に覆い隠していた。わずかに獣道みたいな隙間があるだけで、訪問客を歓迎しているような家構えではない。

人が住んでいるのだろうか。

「ここは？」

「ひーこと、おいらたちの住処《すみか》さ」

「ひーこ……ああ、僕、そのひいこさんっていう人に会いたくて」

トラさんはようやっと僕の腕の中から猫じゃらしの海に飛び降りると、雑草の隙間から長い尻尾をくねくねと蠢《うごめ》かせる。

「わぁかってるって。黙ってついてきな」

颯爽《さっそう》と玄関まで歩きだしてしまった。

と、いっても背の高い雑草がカサカサと揺れるだけで、トラさんの姿は見えない。

「お、お邪魔します」

人様の敷地内に入る前には、一言声をかけなさい。

祖母の教えに従い、誰が住んでいるかもわからない屋敷に向かって声をかける。返事はない。

かさかさと揺れる雑草をかき分けてトラさんらしき影を追いかけると、巨大な松の木に隠れて見えなかった玄関扉が姿を現す。

歩きながら気づいたのだが、玄関へのアプローチはちゃんとあった。雑草や猫じゃらしに隠れて見えなくなっているけれど、飛び石がある。誰かが歩いただろう痕跡も見られた。

「にゃーん」

猫の声。

「トラさん？　どこ？」

「おいらじゃねぇよ」

愛らしい猫の声が聞こえて尋ねたら、足元でトラさんの声がした。もうこのおっさん声がトラさんであることを受け入れているのだから、ネコボット（仮）ってすごい。

「おうおうっ、辰《タツ》の字！　人に使いをやらせといて、テメェはのんびり毛づくろいか？　ああっ？」

玄関前のわずかな空間に立ち、ズボンについた枯れ草や謎の種子などを払いのけていると、僕の足の上にずどりと腰を下ろしたトラさんがシャッと牙を剥いた。重い。トラさんじゃないとすると、さっきの猫の鳴き声は。

「やだよ、これだから短気な男は」

かさこそと揺れる雑草の隙間から、ゆっくりと姿を現したのは、美しいブルーのソリッド・カラーの毛並みをした、オッド・アイのロシアンブルーだった。

すらりとした体躯《たいく》に優雅に揺れる長い尻尾。青と金の変わった目をぱちぱちと瞬かせ、ロシアンブルーはしゃなりしゃなりと歩いてきた。——身体じゅうに枯れ草や枯れ枝を纏いながら。

「人に働かせておいて、テメェは何していやがった。アア？　どうせ近所の若い雌猫《めすねこ》相手に、にゃんにゃんにゃんにゃん媚《こ》び売っていやがったんだろうがよ」

いやトラさん、ロシアンブルーに喧嘩を売るのはいいんだけど、どうして僕の右足の上に乗ったまま威嚇《いかく》するかな。僕はこの玄関の戸を叩かないといけないんだけど。

ロシアンブルーの猫は一歩一歩近づき、ゆっくりと僕の顔を見上げた。

「おや……あの子の匂いがするね」

「間違うんじゃねぇよ。アイツとコイツはちげぇ」

「そうかい？　アタシにとっちゃあ同じようなものさ。しょせん人なんだろう？」

「人をおおまかな括《くく》りで考えちゃあなんねぇ。人ってぇのは何匹もいやがるんだから」

「どうでもいいことさね。それで？　なんてぇ名前なんだい。初対面の相手には名乗るのが礼儀だろうよ」

ちょこりとお座りをして前足をぺろぺろ。ロシアンブルーもよく喋るロボでした。

いやあ、毛並みも忠実に再現されている。その上、流暢《りゅうちょう》に喋るんだから、これはとてつもない技術だ。そんなハイテクノロジーの塊がこの雑草屋敷に二匹（二体？）も、いていいのだろうか。

ロシアンブルーは大きな目で静かに僕の返事を待つ。名前を問われたのなら、答えなければならない。たとえ相手が謎の最新ロボでも。

「はじめまして。僕の名前は、大海原啓順《たかゆき》です。ケイジュンって呼ぶ人もいるけど、正しくはタカユキです」

祖母には啓順《けいじゅん》と呼ばれているが、本名はタカユキ。両親がつけてくれた名前に祖母が反対して、好き勝手に僕の名前を呼んでいるというわけだ。

逆らったところで相手はあの祖母。僕の名前は二つあるのだと思うようにしている。

トラさんの尻尾が僕のふくらはぎを叩く。何が気に食わないのか、僕の右足にへばりついてきた。

「トラさん、ズボンに爪を立てないでください。穴が空くから」

「うるせぇや。こんな気取った青肌野郎に名乗りやがって。ええっ？　おいらには名乗らなかったじゃねぇか」

「それはトラさんに聞かれなかったので」

「うるせぇや！　男が言い訳をするんじゃねぇ！」

そもそもロボ相手に名乗るのもおかしな話で。

拗《す》ねてしまったトラさんは、僕のくるぶしを噛《か》みはじめた。分厚い靴下と甘噛みのおかげで痛くないが、トラさんを宥《なだ》めるためにも手を伸ばして耳の裏こりこり攻撃をしてやる。

「んほっ、んほほっ、そんなっ、誤魔化されねぇぞおいらは！　んほほほっ」

うーん、やはりここが弱点なのだろうか。トラさんはふくよかだから、顎の下も気持ちのいい肌触りなんだよな。ぷにぷに。

「んふふふ。素直なボウヤは大好きさね。アタシの名前は辰治《タツジ》さ。見ての通り、気品に満ちた血統書付きの美しい猫だよ。以後、お見知りおきを」

ロシアンブルーは雌猫ではなく、雄猫《おすねこ》でした。アタシだなんて喋るものだから、てっきり雌かと。

ぺこりと頭を下げた辰治は、長い尻尾を左右にぱたりぱたりと振り子のように動かし、目を細めてゆっくりとトラさんに近づいてきた。

「ちょっと寅の字、そこをお貸しよ。アタシも耳こりこりしてもらうんだからさ」

「はぁっ？　んほうっ、そこそこっ……コイツの指は十本全部、おいらのもんでぇ！青肌野郎なんかにくれてやるこりこりはイッコもねぇわ！」

「いけずなことお言いでないよ！　このでっちり腹！」

「なぁんだと！　この猫背！」

「アタシが猫背ならアンタも猫背だよ！」

ロボ同士も喧嘩なんかするんだ。すごいなー。シャーシャー言っている。

猫が好きすぎて、飼えるわけでもないのに生態を調べておいた甲斐《かい》があった……のだろうか。ともあれ、僕の指の動きは猫の心地よいツボをばっちりと刺激するらしい。

「にゃんにゃー！」

「にゃにゃっ！　キシャーーーッ！」

「ニョアアアッ！」

「ギニャアアアアーーッ！」

はい。

この取っ組み合いの猫喧嘩、僕の足の上で繰り広げられている。

巻き込まれたくないと逃げようとしたら、トラさんの全体重が右足に伸《の》し掛かり、その上にスリムだけど立派な成猫の辰治が飛び込んできた。

どうしてこうなるんだ。僕はただ、祖母の命令で人に会いに来ただけなのに。

苦手な大都市に一人、インターネットにも頼らずここまでやってきて、最新型のロボ猫喧嘩に巻き込まれ、右足と左足の上で可愛いキャットファイトを見下ろさなければいけないなんて。

天国か？

猫好きとしては、たまらないものがある。猫の喧嘩を間近で見ることなんて絶対にない。そりゃ牙を剥いた喧嘩は恐ろしいが、トラさんも辰治も本気ではないようだ。爪を出さない猫パンチの応酬《おうしゅう》をしているだけ。

喋る猫だろうとロボだろうと、どうでもいい。猫は猫。可愛いことに変わりはない。

「うわっ！」

二匹の、一方は巨体の猫が取っ組み合いながら足元で転げまわるのだ。僕の膝に砂糖十袋分の巨体が直撃してきたら、運動不足の膝は即座に力を失う。膝カックンなんて小学生のころ以来だなあと、玄関の戸に顔面が直撃するのを覚悟した。

――だが。

「うるさい！」

「へぶっ！」

僕の顔面が直撃したのは、硬い木製の引き戸ではなくて。

「玄関先で朝っぱらからにゃんにゃかにゃーにゃーうるさいのよ！」

華奢《きゃしゃ》な女性の細い拳《こぶし》。

ほのかに香る優しい花の匂い。

風になびく、漆黒《しっこく》の髪。

なんて美しい少女なのだろうと。

見惚《みと》れた。

だけど、なんでいきなり顔面をグーで殴《なぐ》るかな。

「ひーこ！　辰の字がこのおいらに礼儀を欠いたんでぇ！」

「何をとんちきなことをお言いか！　このでっちり腹がにゃんにゃんうるさく言うから！」

鼻痛い、目の下痛い、頬痛い、いろいろ痛い。鼻血出てないかな。軟骨《なんこつ》折れてないかな。ああ、痛い。

僕はその場で顔面を押さえてうずくまり、猫二匹に背中に乗られ、重さと痛みに耐える。

状況を整理しよう。

謎のロボ猫に遭遇し、抱っこしてノコノコとここまで来た。

雑草まみれの屋敷には、喋るロボ猫二号がいて、突然喧嘩を始めてしまった。

どうしようかと思いつつ猫の喧嘩を愛《め》でていたら、綺麗な女が僕に顔面パンチ。いい拳だ。

って、痛いんだよ。

「いたいぃぃ……おもいぃぃ……」

「は？　誰よアンタ」

人のことを殴る前に聞いてもらいたかった。

トラさんが彼女を『ひーこ』と呼んだということは、祖母が会えと命令した相手が、この少女。

「ひーこ、ツマ子からの紹介だぜ。大海原の現当主だ」

「ゲッ、あのお節介、本気で当主よこしたわけ？　やだあ！」

「こらひーこ！　今さら逃げるんじゃあないよ！」

少女ひいこと、ロシアンブルーの辰治が屋敷の中に入ってしまう。

残された僕は、背中にトラさんを背負ったまま、顔面の痛みと戦っていた。

聞きたいことは山ほどある。

だけどその前に、鼻を冷やすものをくれないかな。親父にぶたれたことはあるけど、顔面パンチは一度もない。痛い。

猫ロボットに誘導されるままたどり着いた屋敷は、高層ビルのど真ん中。

雑草にまみれた廃屋かと思いきや、玄関の先に見えるのは最新型のエアコン。なぜ廊下についているのかはわからない。

「なにをぼさっとしていやがる。とっとと上がんな」

三和土《たたき》の隅に置かれた雑巾らしき濡れた布の上で足を拭《ぬぐ》ったトラさんは、ぬるりと立ち上がり、三十センチはあるだろう高い上がり框《がまち》に両手を添えた。そして僕をちらりと見上げる。

はいはい、抱き上げろってことですね。トラさん用に踏台でも置いておけばいいのに。

柔らかい毛並みの巨体をどっこいしょと抱き上げ、焦げ茶色の地板へとトラさんを降ろす。

「すまねぇな、ひーこは少し……だいぶ……攻撃的なんだ」

上がり框に腰を下ろし、靴をそろえて脱ぐ。トラさんのぷにぷにした肉球が僕の腕を叩いてくれたので、鼻の激痛は少し紛《まぎ》れた。

「僕が探していた遊行ひいこさんというのが、さっきの？」

「ああ。おメェはツマ子んところのガキだろ」

「ツマ子さんは僕の祖母です」

「おう、元気か？　あの口うるせぇバァさんは」

そりゃもう無駄に。高齢ながらも、とてもとてもお元気です。

それよりも、さっきの会話で聞き捨てならないことを聞いた気がする。

「ほれほれ、ひーこは神棚のほうに逃げやがったからな。追いかけて挨拶挨拶」

腹を床板にこすりつけながら歩くトラさんに従う。

玄関を入ってすぐ右側が六畳の和室。開けっ放しになっていたけど、誰もいなかった。その部屋にもエアコン。

左手側は十二畳の和室で、そのすぐ奥にも襖《ふすま》を隔てて十二畳の和室。緑色の畳からイグサの良い香りが漂っている。久しぶりに嗅《か》いだな、畳の匂い。

「一階はあっちとこっちとそっちと、向こうが台所でそれが風呂場。あれが便所で、その手前がひーこの避難場所。二階にも三部屋、客間がある」

「大きいですね」

「縁側にある青い座布団はおいらのだからな。勝手に使うなよ」

左側の合計で二十四畳にもなる部屋には、縁側がある。暖かな日差しが入るその場所には、青いふかふかの座布団が置いてあった。

「トラさん、さっき僕のことを大海原の当主って」

「ああん？　言ったぜ？　おめぇ、そうだろ？」

「いや、当主なら祖母のままなんだけど」

「はあ？　ひーこに会えるのは当主って決まっていやがんだ。ツマ子が掟《おきて》破りな真似をするか」

「だけど僕じゃない」

「こまけぇことは知るかよ。ツマ子がひーこに会えって言ったんだろ？　オメェはそれに従ってここに来た」

「うん」

「それでいいんだよ。まずは会うことだ」

トラさんは尻尾を揺らめかせながら、腹を引きずって歩きだした。トラさんが歩いたところだけ床板にツヤが出ているので、綺麗に見えていても、きちんと床掃除がされていないのだろう。

大海原の当主と言われても、そんな由緒ある家ではない。両親は海外に住んでいる。

父は普通のサラリーマンだし、母はフラワーアレンジメントの講師。祖母も何やっているかわからないけど、普通……っぽく見える老婆だ。

当主と言えば僕ではなく、祖母。父が海外に出張することになり、祖母は父に激怒した。母国を捨てて外の国へ行くのかと。

僕も父について行きたかった。でも、祖母を一人残して行くことがしのびなく、僕は日本《ニフボン》本国に残ることにした。

祖母と父には、僕が知らない確執《かくしつ》があるのかもしれない。祖母はすぐに父への愚痴を口にする。約束が違うとか、当主としての自覚がどうのとか、そういうやり取りをしょっちゅうしている。

老舗《しにせ》の酒屋とか醬油屋ならば当主の大切さはわかるけど、何の稼業《かぎょう》も営んでいない家で当主とか言われてもな。

「ひーこ、嫌だ嫌だで通用する世の中じゃあないんだよ？　外を見てご覧。アタシらを置いてぐいぐい先に進んでいるさね」

「外のことなんか知らない」

二階へ続く階段の隣にある部屋。

障子《しょうじ》と曇《くも》りガラスの引き戸の前で立ち止まると、部屋の中から話し声が聞こえてきた。辰治の声と、さっきの女性の声だ。

「知らないで済むもんか。世間知らずで出不精《でぶしょう》で、料理は最低、掃除もできない、買い物に行こうものなら妙な男に声をかけられる、それだけで飛び蹴《げ》りかまして駐在さんに迷惑をかける。それで知らないなんてよく言えたもんだ」

「うるさいわね。あれは……そう、声をかけてきた男がいけないのよ」

「国会議員を捕まえて、かどわかしだなんて大声で叫ぶんじゃない。おおいやだ、おかげでアタシらは大恥さね」

普通に会話をしているようだが、相手は高性能の猫ロボット。

つまり、あの綺麗な少女が猫たちの持ち主だろうか。いや、飼い主か？

ともあれ、人様のお宅に勝手に入ったんだ。ご挨拶をしないと。

部屋の戸を軽く叩いてみたが、中から聞こえる口論は止まらない。もう一度強く叩くと、今度はぴたりと止まった。

「あのー、すみません、勝手にお邪魔しまして。ええと、僕の名前は……」

「黙りなさい！　アンタが名乗ると、あたしが呪われる！」

はい？

自己紹介を遮《さえぎ》った声は、とんでもないことを叫んだ。

何を言っているのだろう。

呪われるって……

「呪い？」

またわからないことを言われてしまったと、トラさんを見下ろす。

すると、トラさんは猫背をさらに丸め、それでも戸を叩きながら諭すように言った。

「はあ……ひーこよう、まだそんなこと言ってやがんのか。大海原を避けるのはもうやめろや」

「別に避けているわけじゃないわよ！」

「だったら啓《ケイ》の字に顔を見せてやれ」

「いや。もう、いいじゃない、あたしはひとりで生きていくの！」

「馬鹿をお言いでないよ！」

すぱーん、と。

小気味よい音を響かせ、曇りガラスと障子の戸が開かれた。戸を開いたのは、仁王立ちしたロシアンブルー。

え。今の、猫が戸を開いたの？

部屋の中には小さな炬燵《こたつ》と、その中に隠れているだろう人間の尻。頭隠して尻隠さずとは、このことを言うのだろう。

部屋の隅には、大量のみかんが積まれた段ボールがある。万年床《まんねんどこ》らしいくしゃくしゃの布団が敷かれ、脱ぎ散らかされた服がそこかしこに落ちていた。

見た目は美しい女性だというのに、部屋はひどい有様。ちょっと残念。

いや、部屋まで完璧に整理整頓されていたら、それはそれで落ち込むかもしれない。

でも僕の部屋より酷い。

「ツマ子が繋《つな》いでくれた縁を無駄にしたら、アタシが許さないからね」

「……だって、もう、いや」

炬燵の中から聞こえてくる、くぐもった声。

辰治は仁王立ちから四足歩きに戻ると、炬燵に隠れる彼女の尻に飛び乗った。

少女の声はとても寂しそうで、今にも泣きだしてしまいそうで、可哀想になった。

さっき僕の顔面をグーパンチしてくれた人なわけだが、ここで文句を言うほど僕は人でなしではない。

もしも僕の訪問が彼女にとって嫌なものだとしたら、いくら祖母の命令でも絶対に背《そむ》くべきだ。

「あの、なんだかすみません。僕が来たことで迷惑をかけてしまって」

炬燵に潜《もぐ》る彼女に声をかけると——

「迷惑ってわけじゃないけど……そうね。迷惑とも言えるわ」

しっかりとした返事。

トラさんがにゃっと口角を上げて笑うものだから、話を続けた。

「僕も祖母の命令を迷惑に思っていたんです。今日は昼過ぎに起きて布団の中でごろごろする予定だったのに」

スマートフォンのアプリゲームで時間をつぶして、腹が減ったらカップラーメンを食べる。そうやって日が暮れるのを待って、夕方になったら外にカレーでも食べに行こうかと。

「でもまあ、おかげで朝ご飯は贅沢《ぜいたく》できました。知っています？　駅前にある立ち食い蕎麦《そば》の店。あそこで海老天とかき揚げとちくわもトッピングしたんです。贅沢ですよね」

貯金を切り崩して食い繋いでいた僕にとって、祖母がくれた電子マネーカードは魅惑のカードだった。

「……立ち食い、蕎麦、なんて、食べたことないもの」

炬燵の主は、ぼそぼそと、だけどしっかりと答えてくれた。

そんなに悪い人じゃないのかもしれない。

「けっこう美味しいんですよ？ 綺麗でゆっくりできる店ではありませんが、あれを食べるためなら立ったままでも平気です」

「美味しいの？」

「ええ、もちろん」

炬燵の布団がぺろりとめくれ、黒髪の頭に黒い目が見えた。僕を見る目は厳しく細められているが、彼女は立ち食い蕎麦に興味を持ち始めている。

「あの店はチェーン店で、僕の地元の駅にもあるんですよ」

「ちぇーん、てん」

「たくさんあるってことです」

もそもそと炬燵布団から這《は》い出した少女は、少女とは呼べない年齢の女性。未成年であることに変わりはないけど、高校生くらいだろうか。黒い綺麗な髪をもじゃもじゃに乱れさせ、毛玉だらけの半纏《はんてん》に、べろべろに伸びたトレーナーを着ていた。

容姿と服装が見事に合っていないな。

「蕎麦は、好き。でも、あまり美味しくないのばかり」

「最近はインスタントでも美味しいのがありますよ?」

「いんすたんと?」

「うーんと、即席麺のことです」

「それ、聞いたことがあるわ。だけど身体に悪いからって、ツマ子が食べさせてくれなかったの」

インスタントは聞いたことがある、と。

女性は黒い目をきらきらと輝かせ、脱ぎ散らかした服の上に座った。

「ヘルシーなラーメンやスパゲティもあるんですよ」

「スパゲティ！　あたし、赤いスパゲティが好きよ！」

嬉しそうに手を叩いた女性は、幼い子供のようにはしゃいだ。

さっきまでは悲しみに暮れた声を出していたのに。

彼女の名前は、遊行ひいこ。

全ての悲しみを背負った、呪われた女性。

＋＋＋

巨大寸胴《ずんどう》鍋のぽこぽこと煮立ったお湯の中に、もやしを二袋入れる。

数十秒待ってからもやしを全てすくい、火を止めないまま豚のバラ肉をひとパック投下。肉はよく火を通さないとね。

煮えたぎる湯の中には、五人前のインスタントラーメンが躍っている。

ひいこが何か作れと言い出したから、急遽《きゅうきょ》台所に立つことになった僕。

この屋敷の冷蔵庫には、新鮮な野菜や高級肉の塊が保管してあった。それに、高級米に高級出汁昆布《だしこんぶ》。冷凍庫にタラバガニの足が入っていたのには驚いた。カニ、大好き。

それじゃあ米を炊いてからと言ったら、炊いている間にあたしが死ぬわ、なんて彼女が言い出した。そんなわけないだろうと反論すると、この猫たちがどこからともなくワラワラと現れて。

「なあ、おい、啓《ケイ》の字、まだか？　ええっ？」

「寅の字、せかすんじゃないよ。ああもう、いい匂いじゃないか……」

「ねえ、まだ？　まだなの？　はやく、はやく」

「髭《ひげ》のついた白い根っこ、ぼくも食べたい、食べたーい」

足元にじゃれる猫。

数匹。

いや。

——八匹。

「温かいご飯は久しぶりだから、私も楽しみなの。しかも、久しぶりのラーメン！」

「ねえねえ、あたしにもちょうだい？　ちょうだい？」

「おらが先だっぺよ。おめには干し芋やったべ」

「何日も前のことをいつまで言ってんだよ。卑《いや》しい猫は嫌われるぜ」

しかも全員が全員とも流暢に話すものだから、もう驚きはしない。

たとえこの猫たちが、最新のロボットではなかったとしても。

足元でにゃーにゃーとまとわりつく八匹の猫は、大小さまざま。色も種類も全て異なり、毛足の長い洋猫に三毛猫、真っ黒と真っ白の猫もいる。なかでも生後数か月の仔猫《こねこ》二匹が可愛くって可愛くって。

でも、さすがに料理中にじゃれつかれるのは困る。

しかも、台所に立つ僕の背後には、毛玉だらけの半纏を頭からかぶり、じとりと睨みつける目が。

「あの、ひいこ、さん？」

「何よ」

「この猫たちを、もうちょっと離してもらえません？」

「無理に決まっているじゃない。飢えた猫は人をも殺すわよ」

そんな馬鹿な。

と、思って足元を見ると、ぎらぎらとした無数の目が僕を捉えていた。

――早く食わせろ、まだなのか、さっさとしろ、いっそお前を食ってやろうか。

いや、怖い怖い。

大きな目をぱちぱちとさせた座敷猛獣たちは、犬のように舌をべろりと出し、よだれをだらだらと流している。日ごろどんなものを食っていたんだ？　まさかネズミや昆虫だなんて言わないだろうな。

ちなみに戸棚から猫用ドライフードを取り出したら、一斉に抗議の声が上がった。食べ飽きただの、いつもそれだのと。毛玉ケア用のちょっとお高い餌なんだけどな。

猫に人間の食べ物を与えないほうがいいと聞いているから、一応飼い主（？）にも確認。

「……猫って、味の濃いラーメン食べてもいいんですか？」

「言ったでしょ。そいつらは猫の姿をしているだけで、猫そのものじゃないの。アンタが言っていた猫……ぼ……ネコボなんとかっていうものでもない」

そう言われても。

「猫がちょっと喋るくらい我慢してやんなさいよ。年がら年中喋っているから鬱陶しいけど、慣れるわ」

「いや、鬱陶しいって。猫が喋るのって、都会では普通のことなんですか？」

「都会がどうかは知らないけど、あたしは喋る猫と暮らしているわ」

馬鹿なことを聞くなとばかりに、ひいこはきょとりと首を傾げた。真っすぐな黒髪がさらりと肩を滑り落ちるのを見て、風呂はちゃんと入っているのだろうかと妙な心配をしてしまう。

十人中十人が綺麗だと言うだろう容姿を持ったひいこは、黒髪に黒目、瞬くと音がしそうなほど長いまつ毛に、ぱっちりとした二重。透明感のある肌にシミやほくろは一つもなく、あんな汚い部屋で炬燵の主になっていたとは思えないほどの美人だ。

化粧をせずにこの容姿なのだから、本気を出したらどうなってしまうのだろう。

モデルか女優かもしれないが、あいにくと僕は芸能人に詳しくない。

そもそも、あの祖母がこんなに若い芸能人と知り合いだなんて思えない。どこかの国のマフィアと知己《ちき》だと言われたほうが、納得できる。

「さ、できますよ。ひいこさん、器《うつわ》を五つ出してください」

「器？　どれを出せばいいの？　たくさんあるじゃない」

「ラーメンを入れるどんぶりですよ。ええと、食器棚の……そこにあります。見えます？ 上から三段目の」

「あの、黒いの？」

「そうです。気をつけて取り出してください」

ひいこの背は僕よりわずかに高い。長い首と手足。半纏を着込んでいるから身体のラインまでは見えないけど、とてもスタイルがいいことだけはわかる。足とかすごく細い。なにあれ折れないの？

テーブルの上に並べられた五つのどんぶりをさっと水洗いし、その中に湯切りをした麺を均等に入れていく。背後には僕の手元を凝視するひいこと、テーブルの上には麺を凝視する猫八匹。猫たちはいたずらをすることもなく、ただ黙って麺が配られるのをじっと待っていた。

「猫舌とか……」

「あたしは熱いものも冷たいものも大丈夫。寅次とジャッキーと如雨露《ジョウロ》と葉結《バケツ》とジェシカリンダは大丈夫よね。辰治と小松《コマツ》と石井《イシイ》は熱すぎるものは駄目。ちょっと冷ましてあげて」

「え？ えっ？」

別の鍋に作っておいたスープをそれぞれのどんぶりに注ぎながら、ひいこが指さす先を目で追う。スープを入れた後にもやしとネギと豚バラ肉をトッピングすれば出来上がり。

「ふとっちょが寅次。ジャッキーは白のふさふさ。如雨露は短い手足のチビ。葉結は一番大きな茶色のふさふさ。ジェシカリンダは三毛のチビ。辰治は灰色のそれ。小松は白で石井は黒。ねえ、もうできたの？　食べていいの？」

猫種も別なら、名前もごっちゃだな。バケツにジョウロって酷い名前までついている。仔猫は可愛い。とても、可愛い。毛足の長い洋猫も可愛い。どっちにしろ全部可愛い。

アツアツのラーメンは三杯にし、残りの二杯には氷を入れて冷ました。

玄関の右横にあった和室に移動するというので、大きな木製の盆にすべて載せて運ぶ。

箸は一膳。冷蔵庫に未開封の緑茶のペットボトルがあったから、それとコップを二つに、茶碗を三つ。

「氷を入れたほうも食べられる温度になったかな。それじゃ、どうぞ」

ちゃぶ台にどんぶりを並べると、ひいこと猫たちは一斉に手を合わせた。そう、猫たちも、だ。

「今日の糧《かて》を大海原の当主に感謝！」

「「「「「「感謝！」」」」」」

「いただきます！」

「「「「「「いただきます！」」」」」」

見事な食前の挨拶に圧倒されつつも、震える声で応えた。

「め、めしあがれ……」

業務用の大きな冷蔵庫には有名ブランドの高級牛肉、パッケージに烏骨鶏《うこっけい》と書かれた卵パックに、桐箱に入った雲丹《うに》とマグロの切り身。

他にも超一流と呼ばれているような食材が、溢れるほどに詰め込まれていた。

全て新鮮そのもので、あの毛玉まみれの半纏を片時も脱ごうとしないひいこが買ってきたとは思えない。

近くに高級食材を扱うスーパーなんてあったかな。それとも百貨店の地下《デパちか》？　と考え、すぐに訂正。今の世の中には、ネット通販なる便利なものがありましたね。

しかしそんな高級食材には目もくれず、ひいこは床下に保存してあったインスタントラーメンを食べたいと強請《ねだ》ってきたのだ。

みんなが食べている間、手持ち無沙汰になった僕は、台所に戻って鍋を洗った。ついでに使いっぱなしで、随分と長く洗われていなかっただろう食器の数々も綺麗にする。

それも終わって何となしに周りを見渡すと、台所の勝手口とは別の扉があることに気づいた。

中を覗いてみたら、食料保管庫だった。しかも、一定の温度と湿度を保っている最新のやつ。

学生時代、レストランでアルバイトをしていたときに、こういう部屋を見た。

あっちにあるのはワインクーラーだ。中にはワインの瓶がびっしりと入っている。

ひいこは成人していたのか？　それにしては若い。

「うわっ……これ、トリュフ？　白いトリュフだ」

手にした白トリュフはずっしりと重たくて、テレビで見たことのあるトリュフよりもずっと大きかった。これきっと超お高い。トリュフを使うような料理には縁がないので、どう使えばいいのかわからない。削ってスパゲティにかけるんだっけ。

保管庫には他にも高級食材がたくさん揃っている。この部屋にある食材だけでも数百万円の価値はあるだろう。

ひいこは一流の料理人……には見えないな。一流の料理人なら、インスタントのラーメンくらい自分で作れる。しかしひいこは、袋から取り出した乾麺を見てぎょっとしていた。そんなものが食べられるの？　と。

保管庫の温度が変わってしまう前に扉を閉め、手にうつったトリュフの匂いを水洗い。ついでに、気になっていたシンクの汚れも綺麗にしてしまおう。

「おう、啓《ケイ》の字。うまかったぜ」

トラさんがさらに大きくなった腹を床にこすってやってきた。

その後ろには白猫と、黒猫。確か名前はコマツとイシイ。ひいこの知り合いの名前をつけたのだろうか。

「啓《ケイ》さん、おいしかったー」

「おら、久っしぶりにあったけぇ飯を食ったっぺよ！　んまかったあ」

三匹とも長い尻尾をゆらゆら。髭をひくひくとさせながら僕の足にすり寄ってきた。

なにこれたまらん。

棚に重ねてある清潔そうな布巾を一枚取り、それで手を拭《ぬぐ》う。腰を床に下ろすと、黒白の二匹は僕の膝に乗ってきた。

「猫はラーメンを食べてもいいのかな。しょっぱくない？」

あとでインターネット検索をしようと思っていたが、忘れていた。

「おら猫とちげぇっぺ。見てくれだけだっぺよ」

「そうそう。私たち猫だけど猫じゃないから大丈夫よ」

いや、猫にしか見えないって。

石井と小松の耳と顎を指で優しく撫でてやると、二匹はあっという間に喉をごろごろ。トラさんは僕の脇に頭を突っ込み、同じく喉をごろごろと鳴らしている。

ああ、ああ、猫天国。全国の愛猫家さん、天国はここにありました。

「聞いてもいいかな」

「なあに？」

「猫じゃないけど猫に見える君たちは、ロボットじゃなければ何なのかな」

僕の世界の常識では、猫は喋らない。しかも、こんなに表現豊かに。

黒猫の石井はどこかの方言を喋っているし、白猫の小松は優しい女性の口調だ。

「猫でいいじゃねぇか。オメェにとって何か不都合でもあんのかよ」

トラさんは下町言葉でえらく喧嘩腰。どっこらせと言いながら座る姿は、小さなおっさんが中に入っているみたい。背中にファスナーがあったらどうしよう。

八匹の猫は全て個性がある。

この異常世界にすでに慣れ始めてしまっているが、彼らが猫じゃなければ何だ。妖怪? お化け?

それにしては猫らしい猫だし、柔らかい毛並みだし、やっぱり可愛い。

「あー、そこそこそこ! うううう、気持ちいいっ!」

「ひょほおおおうううっ、ひゃははっ、トラの旦那が言ったとおりだべよ! ばがに気持ちいいっぺよこれぇ!」

やはり僕の指は、彼らの気持ち良いところを刺激するらしい。少し自信がついた。

他の猫たちも食べ終わったのか、和室からぞろぞろと出てきた。皆そろってご機嫌に見える。

「ねえ啓順《ケイジュン》、温かいラーメンって美味しいのね。あたし、次はカップに入ったラーメンが食べてみたい」

どんぶりを載せた盆を持ってきたひいこは、それをテーブルの上に置いて両手でカップの形を表した。カップ型の即席麺はどこにも見当たらなかったから、買いに行かなくてはならない。さっき食べた袋麺は、あの高級食材らが並ぶ倉庫には不釣り合いなとんこつラーメンだった。

いや、ちょっと待て。

「次」って何だよ。

さっきまでさんざん僕のことを拒否していたくせに、「次」があるのか。

まあ、ラーメンを作るのは、たいした手間じゃないからいいのだけど。

「三食ラーメンっていうのは身体によくないですよ。塩分が多いし」

夕飯もラーメンと言い出す前に、ひいこに忠告。

するとひいこは途端に眉根を寄せてムッとした。

「あたしが食べたいって言っているのよ。あたしの願いを叶えるのが、大海原の役目でしょう?」

大海原の当主云々《うんぬん》の意味を何一つ理解していない僕に、またよくわからないことを言う。

ひいこが適当なことを言っているとは思わなかったが、無知な僕を騙しているとしたら。

「大海原の役目をよくわかっていないんです、僕。僕——大海原は、あなたのボディーガードのようなものなのかなって思っていました」

祖母は言っていた。命を守る……とか、なんとか。願いを叶えることが命を守ることにつながるのだったら、僕はひいこの願いを叶えなくてはならないのだろうか。

ああもうばあちゃん、きちんと説明してくれなかったから、頭がこんがらがってきた。

「ボディーガード？　あたしの？　違うわよ。アンタは、あたしが望むご飯を作ればいいの」

「えええ……それ絶対に違うような気がする」

「吉津《ヨシツ》の料理に飽きたわけじゃないけど、あの子が作るものは全部堅苦しいの。ナントカのナントカ風味ナントカ、っていう、よくわからない長ったらしい名前の料理のくせに、大きな皿にちょこっとしか載っていないのよ？　そんなの、食べた気にならないわ」

吉津……という人が、ひいこの食べるものを作っているのだろうか。僕からしたらそんな高級そうな料理、ありがたくって涙が出る。

「その、頼めばいいんじゃないですか？　吉津、サンっていう人に」

「アンタと違って忙しいのよ。準師範になったんだっけ？　あの子」

ひいこは僕の太ももに寄りかかって座るトラさんに質問すると、トラさんはどこからか取り出した爪楊枝《つまようじ》で歯をシーシーしながら答えた。ほんと、まるきりおっさんだな、この猫。

「ああん？　そりゃ風のヤツだろう？　アイツの花火師の舞は良かったな。こう、キリッとしてて。ああいう舞は嫌いじゃねぇな、おいら」

トラさんは白い歯をニッと見せて笑った。

一つ質問をすると、三つの疑問が浮かぶ。

いや、現時点で疑問は三つどころじゃない。猫たちの正体だってわからないままだ。

僕は生まれてきて今まで、こういった山盛りの疑問が浮かんでいるにもかかわらず何も問えない状況に陥ったことがない。

会社に勤めていた時は、「何かわからないことはある？」と常に言われ、その都度わからないことを聞き、理解してきた。それが普通だと思うんだけど。

猫が喋りだすファンシーかつミラクルな非現実的なことも初めてだし、綺麗な女性と話をするのも初めて。

ひいこは綺麗だけど性格が少し、いや大いにキツい。言いたいことはズバッと言ってしまう性格なのだろう。それに、名乗る前にグーで殴られた。

猫たちはロボットじゃなければ「何」なんだろう。そんな猫と暮らしている美女、ひいことは。

祖母が敬称をつけて呼ぶ若い女性。

僕の質問の仕方が悪いのだろうか。

高級食材が山ほど眠る台所に立ち、さてどうするかと両手を腰にあてる。

両親が海外に行ってしまってからずっと、僕は一人で暮らしている。大体はレトルトの簡単なものを食べて済ませているし、総菜を買って食べることも多いから、料理が得意なわけではない。

でも、別に素晴らしい料理の腕なんかなくても、肉は塩コショウをすれば食べられる。米は炊けばいい。

この家には最新の電子レンジと炊飯器があるのに、それにはうっすらと埃が積もっていた。

「ひいこさん、料理ってしないんですか？」

「あたしは食べるほうが好きなの。作ることに興味はないわ」

「はあ。それにしては調理器具は最新のが揃っていますね。食材はどれも高級品」

「そんなの知らない。勝手に持ってくるんだもの」

料理をしない人の家に、最高級食材を持ってくる人がいる。なんて無駄でもったいない……

「ひいこさんは作らないんですよね？　それじゃあ、この食材は……」

「ほとんど吉津が使うだけよ。腐る前にあの子が全部取り換えていくの。あたしは無駄だからいらないって言っているのよ？　さっきのラーメンのほうがずっと好き！

それなのに、ツマ子はああいう簡単に作れる料理は食べるんじゃないって言うの。ほんと、嫌になる」

あー。

うん、祖母なら口を酸っぱくして言いそうだ。食品添加物がどうの、化学調味料がどうのって。

最高品質の食材を使おうともせず、それでいてインスタントラーメンを褒めたたえる。

毛玉だらけの使い古された半纏を着込み、でろでろに伸びたトレーナーとスウェットで炬燵に潜り込んでいたこの女性は、本当に何者なのだろうか。

大都会のど真ん中に、雑草だらけとはいえ立派な屋敷を持っているのだから、もしかしたら地主なのかもしれない。あるいは、不動産で稼いでいるとか。

だとしても、不思議な人に変わりはない。喋る猫が八匹もいて、それが当然とばかりに暮らしている。

猫に見えるけど猫じゃないって、なんだそれ。

「おう、啓《ケイ》の字よ。オメェ、夕飯も作ってくれるんだろ？」

薄汚れたシンクをピカピカに磨き終えると、足元にトラさんが懐いてくる。下町のおっさんが喋っているようにしか聞こえないが、その姿はふくよかで可愛い虎猫だ。

「えっ、夕飯も？　そんな時間までお邪魔していたら、帰るのが遅くなるんだ」

「いいじゃねぇかよ、つめてぇカリカリやぬめぬめはもう飽き飽きなんだよ」

「カリカリはわかるけど、ぬめぬめ？」

トラさんはお座りをして、右手で食器戸棚を示す。そこには一缶五百円以上はする高級猫缶が鎮座《ちんざ》していた。

なぜ猫を飼っていない僕が高級猫缶なんて知っているかというと、猫を飼っている友人にせがまれて買い与えたからだ。友人は僕が猫好きで、だけど猫が飼えないということを利用しやがった。

「おいらたちは猫だけどそうじゃねぇから、猫の飯だけを食うのは辛《つれ》ぇんだよ」

「この猫缶を買ってくれる人がいるわけだよね？　だったら、その人に頼んだら」

「どうやって頼むってんだい」

「え」

そりゃ、喋って……

「アンタ、ツマ子から何も聞いていないの？　大海原の当主は、この子たちの心と話ができるってこと」

「え」

ひいこが冷蔵庫を開き、蓋《ふた》の開いていない二リットルの緑茶のペットボトルを取り出した。その場で蓋を開け、コップに注がずペットボトルをあおってごくごくと飲む。

「ばあちゃ……祖母には、ここの住所とひいこさんの名前が書かれたメモを渡されただけです。この家に来なければ後が怖いので」

洗ったばかりのどんぶりを一つ取り出したひいこは、その中に緑茶をなみなみと注ぐ。テーブルの上にそれを置くと、あちこちから猫たちが集まり、テーブルの上に飛び乗って緑茶を飲み始めた。猫に緑茶っていいのかな……

「ツマ子ったら、あたしに説明させるつもりかしら」

「アイツなら面倒がって、そういうこと全部任せそうじゃないか」

「……会えないからって勝手なことばかり」

ヒゲに緑茶をつけたままの辰治に諭されるように言われ、ひいこはプッと頬を膨らませた。

「祖母とはどういった知り合いなんですか？」

「ツマ子が大海原の当主だったからよ」

「えっと、どこで知り合ったんですか？」

「ツマ子が十二になったからよ」

「じゅうに？　えーと、えーと」

微妙に会話が噛み合ってないし、やはりわけがわからないんだけど。

八十過ぎの祖母と、十代のひいこが出会う場所なんて限られている。

それに、大海原の当主がどうのとさっきから言っているが、大海原の当主って何なの。

「あたし、こういう説明面倒なの。石井、アンタちょっと北嶺《きたみね》を連れてきなさい」

緑茶をたっぷりと飲んだ黒猫の石井にひいこが声をかけると、石井は毛づくろいをしながらべえっと長い舌を見せた。

「やーなこった。おら、これからそこいらをぐるっと巡《めぐ》らねぇとなんね。そったら使いは葉結にやらせっぺ」

方言が特徴の石井は、それだけ言い残しそそくさと退散。

白猫の小松も他の猫たちもピャッと逃げてしまい、気づけば台所には逃げ遅れたトラさんだけ。

柱に背をもたれ、ずっしりとした見事なおっさん座りを見せるトラさんに、ひいこはあからさまに嫌そうな顔をした。せっかく美人なんだから、そんなに顔をくしゃっとゆがめないでほしい。

「あたし電話って嫌いなの。トラ、アンタに任せた」

「またおいらなのかい？　たまにはひーこがテメェでやれや」

「それじゃあ、そこの当主にやらせればいいでしょ。あたしはやらないからね」

ひいこは蓋をしたペットボトルを胸に抱き、そのまま台所から出て行ってしまった。マイペースというか勝手というか、ひいこという女性は面倒なことがとにかく嫌いらしい。

炊飯器に埃が溜《た》まっていたのは、使っていないということ。最新の土鍋タイプなのにもったいない。高級食材だって利用せず。シンクは水垢《みずあか》だらけで、茶渋で汚れたカップが置きっぱなしになっていた。あれは後で漂白だな。

幼少期から祖母に厳しく躾けられていた僕は、水回りは特に綺麗にしろと言われてきた。だからシンクの水垢汚れや、溜まった食器類が気になって気になって。あと廊下の埃も気になる。掃除したい。

どっこらしょと上体を起こしたトラさんは、長く息を吐き出した。

「ひーこが面倒なら、おいらだって面倒なんだよ……」

「トラさん、電話って誰にするの？」

「はあ、仕方ねぇな。わけがわかんねぇままじゃ、テメェはここに残らねぇんだろ？夕飯を作ってくれねぇんだろ？」

「いや、頼まれたら作るけど、説明はしてほしい」

見ず知らずのお宅の台所を本格的に使うとなると、誰かに許可をもらいたい。喋る猫や無責任な女性だけでなく、彼女の保護者的な人に。

「この番号に電話して、北嶺ってヤツを呼び出しゃいい」

廊下に出たトラさんは、電話台をぺしぺしと叩いた。

だがしかし、そこには僕の知っている電話機は置かれていない。アンティークショップなどで売られている、黒いダイヤル式の電話機が置いてあった。あの電話ってまだ使えるんだ。

「どの番号？」

使い慣れたスマートフォンを尻のポケットから取り出したが、トラさんは丸い頭をふるふると左右に振った。

「そいつじゃかからねぇよ。こいつじゃねぇと」

再度電話台をぺしぺしと叩かれ、早くしろと急《せ》かされる。

そう言われても、こんな電話使ったことがないし、使い方もわからない。

「これ、どうやって使うの？」

わからないことは聞きなさい。

そう、祖母から教わったのに。

トラさんはぱかっと口を開き、「まじかよ！」と叫んだ。

「最近の若ぇヤツぁ、ちっけえ四角を指でなぞるだけ。つまんねぇなぁ」

「スマホ便利だよ？」

「ふん。いいから受話器を取れ。ダイヤルは数字のあるとこに指を入れて、こっちまで回す」

不機嫌になってしまったトラさんに教えてもらい、悪戦苦闘しながらじーころころとなんとか電話をすることができた。

この電話機、面白い！　なんでダイヤルっていうのを回すだけで電話が通じるんだろう。受話器は重過ぎるし、ぐるぐるとしたコードが邪魔だけど。

玩具《おもちゃ》のような電話機で見事繋がった先は、神社。毎年年末になるとテレビでコマーシャルが流れるほど有名な都心部の神社で、僕も観光で一度訪れたことがある。広大な敷地に巨大な神殿が聳《そび》え立つ、由緒正しい歴史ある神社だった。

でも、電話はぶっきらぼうな対応で、トラさんに言われるまま「キタミネさんをお願いします」と言ったら、「お待ちください」と一言残しただけで通話を切られてしまった。いかにも業務って感じの対応だったけど、もっと言い方とかあるだろうに。せめて、「お電話ありがとうございます」とか。

「トラさん、トラさん、この電話凄い。本当に繋がった！」

テレビの懐かしいもの特集でしか見られないアンティーク電話で、実際に通話ができた。思わず興奮してしまう。

「玩具じゃねぇんだからよ。はしゃいでねぇで、とっとと縁側に移動するぞ」

ツーツーと鳴るだけの受話器を耳につけ、再度ダイヤルを回してみる。どういう原理なのかはさっぱりわからないが、平面の画像をタッチするだけで通話ができる現代に比べ、ずっと不便で面白い。

「ほれ、ちゃっちゃと動きな。とろとろするヤツァ、おいらはきれぇだよ」

「でも、電話が。途中で切れたんだけど」

「相手は待てって言ってたんだろ？　だったら待つだけだ」

トラさんは言いながら短い後ろ足で上体を起こし、僕に向かって両手を広げた。

いや、抱っこしろってことなんだけど、この姿は卑怯《ひきょう》だな。かなりの巨体なのに、抱っこしたくなるんだから。

「さっきの電話の相手……キタミネ、さん？　その人って、文京区《フミケイ》にある水鳴《みずなり》神社の人？　僕も観光をしたことがあるんだ。大きな神社」

「でけぇちいせぇは関係ねぇよ。初めはちいせぇ村のちいせぇ社《やしろ》だったんだ。それなのに、あんな派手にしやがって。縁結びだぁ？　いつから縁《えにし》を結ぶようになりやがった。発端《ほったん》は雨ごいのために水波能売命神《みずはのめのかみ》を祀《まつ》る社だったんだぜ。ケッ、大量生産した派手なゆるキャラに何の利益があるってぇんだ。まったくよぉ」

もっちりとした巨体を抱えたまま、暖かな日差しが降り注ぐ縁側へ移動する。

柿の木や松の木、南天、金木犀などが植えられた雑草だらけの庭が見られる縁側には、青色のくたびれた座布団と数匹の猫たち。

祖母の家を連想させる古い木造家屋には、こういうダラッとした猫がとても似合う。あとは湯飲みで緑茶をすするおばあちゃんがいれば最高なんだが、祖母は猫よりも犬派。最近は猪を愛でている。緑茶よりも、なんたらっていう名の高級紅茶を好むから、僕の理想とする古き良き風景は祖母に望めない。

縁側に腰かけ、トラさんを青い座布団の上に載せる。トラさんは座布団の座り心地を確かめるように両手でふみふみすると、どっこらせと横になった。

「まあ、しばらく待とうや。あの野郎ならそんなに待たなくてもやかましくやってくるだろうからよ」

「えっ？　さっきの電話の人、ここに来るの？」

「電話に出たやつじゃねぇよ。近所にいる一番身が軽いやつを呼び出したからな。まあ、待ってる間、そこにあるクシで背中でも撫でろや」

「そのキタミネさん、もしかして僕に説明をしてくれるためだけに来るの？」

「他にあるかよ」

そんな当たり前みたいに言われても。

座布団の上でヒゲをひくひくさせて尻尾を揺らめかせる虎猫を眺め、暖かな日差しを浴びるのは久しぶりだなと青空を見上げる。

聞きたいことは山ほどある。結局のところ、トラさんたち喋る猫は一体何なのか。ひいこさんは不動産王なのか。祖母との関係は？　ああ、それにしても黒電話、もう一回使ってみたい。

そんなことをぼんやり考えていると、気がついたら膝やら背中やらに猫たちが集《つど》い、見事な猫結界が展開していた。

「ふしぎだね。この子の近くにいると、とっても温かいね」

「俗世に埋もれていたわりには、大して汚《けが》れていなそうだ」

「おらんこと撫でてもいいっぺよ」

「私も撫でて、撫でて」

ああ。

生きていてよかった。

多数の猫に囲まれ、撫でて撫でてとせがまれる幸せ。猫好きなら一度は味わってみたい天国ではないだろうか。

猫といえば気まぐれ小悪魔。犬のように懐いてくれることは滅多にない。が、個体にもよる。友人の猫はご主人大好きで、客である僕が行くとベッドの下に隠れて出てこなかった。いつか撫でさせてほしいと思いつつも、結局撫でることができなかった。

それが今、撫で放題。ああ、最高。

このさい、猫が喋るとかそういう細かいことはどうでもよくなってきた。喋る猫が存在していたってだけの話だ。祖母の知人に会わせてもらったのは今回が初めてじゃないけど、今までで一番嬉しい出会いかもしれない。

「おいらの指だ！　おいらの耳をこりこりするのが先だ！」

「けちんぼなこと言うなよ寅次！　ぼくの背中も撫でて！」

「私がさーきー、如雨露ずるい！」

「にゃーっ、にゃにゃにゃ！」

しかも僕を取り合って、虎猫と手足の短いチビ猫、白猫が喧嘩をしている……

なにこれほんと天国？

膝の上で繰り広げられる可愛い猫パンチ合戦をどろどろのゆるんだ顔で眺め、落ち着きなさいとそれぞれを素早く撫でていく。

おのおの違う毛並みだけど、日差しを浴びて柔らかく艶《つや》めく優しい手触り。本物の猫を触っているようにしか思えないが、彼らは猫ではないらしい。

猫に見えて猫ではない生き物なんて存在するのかなとも思ったけど、そんなのは些《さ》細《さい》なことだ。僕は今、猫たちに好かれ猫たちを好き放題撫でている。それだけでいい。

「啓《ケイ》の字よう、テメェはちぃとばかし変わってやがんな」

トラさんのはちきれんばかりの腹を撫でつつ、膝に乗った仔猫二匹の背中を撫でる。

「変わっているのかな。のんびりしているとは言われるよ」

「それもそうだがよ、テメェはなんてぇか……おいらたちを見ても勝手に写真を撮らねぇじゃねぇか。えすえーぬなんとか、っていうやつに上げてイイネ貰《もら》わねぇし」

「あー、まあ、それは、飼い主に了承を得ないと失礼だから。それにSNSはやっていないしね」

「ひいこに対してイラつかねぇし」

「女性には優しくしなさいっていう祖母の教え」

「わけわかんねぇことに巻き込まれてんのに、なんで？　どうして？　って慌てねぇじゃねぇかよ。四万十《しまんと》のヤロウなんざ、おいらのこと追いかけまわして電池はどこだって、うるっせぇうるっせぇ」

いや、頭の中はパニックだった。だって猫が喋っているわけだし。

電池か。それを確認しようとは思わなかったな。

だけどなんだろう。慌てたところで状況は変わらないし、もしも今、夢を見ているのだとしても、夢なら覚めるなと言うだけ。

「あれかな。どんなに驚くようなことがあっても、みっともなく慌てるんじゃないって、祖母が言っていたから」

「ツマ子か。ひひひっ、アイツらしいな」

「トラさんも、ばあちゃんを知っているんだ」

「アイツは礼儀がどうのってうるっせぇからな」

「あはは」

「にゃはは」

そうそう、うるさいうるさい。

思わず同意して笑ってしまうと、トラさんも声を出して笑った。

まったく、こんな猫天国を知っていて黙っているなんて、ばあちゃんは酷いな。

あ、もしかして連日の取り調べで落ち込んでいた僕を憐《あわ》れんで、この屋敷に誘ってくれたのか？

——って、ないないないない。絶対に、ない。

祖母は自分にとって利益がないことには、微動だにしない人だ。僕の落ち込みなんて二の次。絶対的な目的があって、だからこそ僕にここへ行けと言ったはずだ。

「おう。思っていたよりも早く来やがったようだぜ」

大の字になってとろけていたトラさんが、急にむくりと起きた。

それと同時に猫結界は解散。トラさんを残して他の猫たちは部屋の奥へと逃げてしまった。

何が早く来たのかなと思っていると、松の木に隠れてよく見えない向こう、屋敷の門あたりに黒い何かが停まる。太陽の光に照らされているピカピカのボディは、道幅いっぱいだ。

「遊行ッ、さっ、まぁぁーーーーっ！」

がちゃん、ばたん、の車のドアが開く音と同時に、けたたましい声が聞こえた。

「はあ……だからアイツを呼ぶのは嫌なんだよ」

トラさんは両手で耳をぱしんと塞《ふさ》ぐと、再び横になって面倒くさそうに寝返りを打った。

「このっ、水神《みずかみ》のっ、きっ、たっ、みっ、ねっ、がっ！　参りましたよーーーっ！」

ずいぶんと残念な。

いや、失敬。

テンションがえらく高い男性が軽快なスキップとともに現れた。

昼間の時間帯に不釣り合いな、光沢のあるブラックスーツに赤いネクタイ。どこぞのマジシャンだろうか。

雑草と猫じゃらしの海をかき分け、謎のマジシャンは両手を振り振り満面の笑みでやってくる。

ちょっと、怖いんだけど。

「水神の御神代《おみしろ》、困ったときの犀波北嶺《さいは》でっすよーーっ！」

ジャジャーン、という派手な効果音が聞こえた気がした。

そよそよと風に泳ぐ猫じゃらしだらけの庭を背に、高級レストランにでも行きそうな装いの真っ白の歯をした青年。スーツのあちこちに雑草やらひっつき虫やらをくっつけて、両手を広げて元気に名乗ってくれた。

ぴしりと伸びた腕をそのままに、青年は頬を赤らめて視線だけを右、左へと動かす。

キタミネと名乗ったから、この人がキタミネさん。しかも、苗字かと思ったら下の名前だった。

「だから呼びたくなかったんだよ……」

くあああ、と大口開けて欠伸をするトラさんは、よっこらせと身体を起こした。

キタミネは視線だけを動かしたあと、顔を忙《せわ》しなく動かし、とうとう両手を下ろして縁側に近寄って前のめりに。

「遊行様っ？　ゆぎょうっさっまーーー！　犀波北嶺、参上いたしましたよ！　ご要望により馳《は》せ参じました！」

「うるっせぇ」

「数えて八十七日、来る日も来る日も貴方のことを思い慕《した》い、眠れる夜を幾日も過ごし」

「眠れてんのかよ」

「呼ばれて来ました貴方の水神っ！」

半目のトラさんは冷静に突っ込みをし、つまらなそうに後ろ足で耳をかいた。

僕はそんなのんびりとしたトラさんの姿を愛でつつ、騒がしいマジシャンもどきのキタミネを生温《なまぬる》く見守る。元気がいいなあ。

どうしてスーツなんて着ているんだろう。いいところのおぼっちゃま……にしては年齢が高い。僕と同年代か、もう少し先輩。せっかく雑誌に載っていそうな好青年ぽい顔をしているのに、満面の笑みでそわそわしている姿は、まるで小学校低学年の少年のよう。

「……カサブランカでもお持ちするべきだったか！」

「邪魔になる切り花なんか持ってくるんじゃねぇよ」

「それとも、十本立ての胡蝶蘭《こちょうらん》を！」

「無駄だ、つってんだろうが。あのひーこが花の面倒なんか見るもんか」

トラさんがシャーッと威嚇した。

だがキタミネは聞く耳を持たず、今にも縁側から部屋の中に上がりそうな勢い。

「あの、ちょっと」

「遊行様？　どちらにおいでになられますか！　貴方の水神が参りました！」

「えーと、キタミネさん」

「ゆっぎょうっさっまー！」

どうしよう、すごく苦手なタイプだ。

このままこの人の騒々しさに付き合わなければならないのだろうか。

僕の友人は僕と似ている性格が多くて、のんびりまったりゆっくり平和がモットー。青空の下でキャンプをしたり、かっこいい自転車に乗って長距離を移動したり、夜のクラブで踊る、だなんてアクティブなこととは無縁。

ちなみに、この人が着ているフォーマルなスーツを着るような場所にも縁がない。祖母は連れて行きたがっていたけど。

「駄目だ啓《ケイ》の字。コイツぁ、おいらたちの話を聞いちゃくれねぇ」

「遊行様って、ひいこさんのこと？　随分《ずいぶん》と慕われているんだ」

「水神の神代《みしろ》がこんなヤツたぁ、世も末だ」

「みしろ？」

器用に前足の指で鼻をほじるトラさんは、顔をしかめてベッと舌を出した。

ミシロって何だろう。さっき、キタミネもオミシロって言っていた。

というか、僕にいろいろと説明をしてくれるはずなのに、キタミネこそ謎すぎて聞きたいことがさらに増えてしまった。そのスーツは何なのかな、どこかへ行く途中だったのかな、だったら呼び出してしまって悪いことをしてしまったな、エトセトラ。

「そういうわけで、そこのぽっちゃり」

赤いネクタイを大仰《おおぎょう》に指で正したキタミネは、あれほど騒がしかったくせして急に真剣な顔をして僕を見下ろした。

「ぽっちゃ……トラさん？」

「お前のことだろうが、ぽっちゃり」

「僕⁉」

ネクタイを正していた人差し指が、そのまま僕に向けられる。

キタミネは腰に片手をあて、まるでどこかの少年誌の個性的なキャラクターのようなポージングをして、ぎらりと睨みつけてきた。さっきまで嬉しそうに騒いでいたくせに、今僕を見下ろす目はとても冷たい。

「ぽっちゃり……僕、ぽっちゃりなのかな」

「おいらは健康的なぷにぷに腹だと思うけどな。ほれ、ほれ」

「ぷにぷに腹でもないけど！　そりゃ腹筋は割れてないけどさあ！」

トラさんに腹をさすられ、まさかのぷにぷに腹呼ばわりに驚く。近頃食っちゃ寝の自堕落《じだらく》な生活をしてきたからか、ぽっちゃり認定されてしまった。

ぽっちゃりって聞こえは可愛らしいが、つまりは見た目デブってことだよな。うわあああああ。

多少の自覚はあったけど、他人に言われるのは辛い。

「ぽっちゃりは嫌です！」

トラさんに腹をもまれ、お返しにトラさんの顎下の肉をもむ。柔らかな伸びる皮の感触に、これは癖になるかもしれないとさらにもんでやると、キタミネに頭をがしりと掴《つか》まれた。

「何なんだお前は！」

「えっ？」

人の頭を掴むって、どういうこと？

「遊行様のお屋敷に図々《ずうずう》しくも上がり込み、あまつさえ遊行様の御使い様であらせられる八将様の喉をぐねぐねするとはどういうことだ！」

「ええ……っと」

「この、俺でさえも、まだ一回も撫でさせていただいたことがないというのに！　貴様一体何者だこのやろう！」

いやいやいや、人の頭がっしり掴んで指でぎりぎり締めつけながら怒られても。

本当にアグレッシブな人だな。

「いたたっ、痛い痛い痛い」

「おいゴラァッ！　啓《ケイ》の字から手を放しやがれ！　調子こいてっと、小松の足の裏を嗅がせるぞ！」

「ひやっ！」

シャッと威嚇したトラさんが、見事な猫パンチをキタミネの腕にお見舞い。

キタミネは驚き慌て叫び、縁側に腰を強打した。あれは痛い。僕の頭も地味に痛い。握力強い。

「御使い様がお怒りにっ……！　貴様ぁ！　何をしでかした！」

「えっ？　僕？」

「日ごろ温厚な御使い様が、この俺に牙を剥かれたのだぞ！」

「牙を剥いたって、手のひらをちょぴっと爪で擦《かす》られただけ」

「御使い様がお前をかばわれたように見えたが……」

いやいやキタミネさん、あなた、話通じてます？　実は言葉が通じないってことはないよな。

登場から今の今までずっと騒がしいままなんだけど、疲れない？

「ったくよお、いくら八神のなかで一番ちけぇ神代だからって、こうキャンキャン吠《ほ》えられちゃあたまったもんじゃねぇ。ひーこが全力で嫌がるわけだ」

「トラさん、ハチシンのミシロって何のこと？　さっきからわからないことが増えてばかりなんだけど」

「うにゃんにゃんにゃん、もっとよぉ、顎の下をよぉ、こしょこしょこしょこしょ」

「おいっ！　貴様っ！」

再びトラさんのふくふくした顎の下を撫で撫でしていると、キタミネは強打した腰をさすりつつ、再び僕に人差し指を向けた。人に指をさすなって、誰かに教えてもらえなかったのかな。

「まさか……貴様、まさか」

「僕はマサカさんではありませんよ？　僕は大海原――」

「ワタッ⁉」

「はい。大海原――」

「待て、待て待て待て待て！」

キタミネは急に顔色を変え、腰をさすっていた手で頭を抱えた。何かをぶつぶつと呟くと、疑い深げに僕を値踏みする。僕の全身をじろじろと眺め、再びぶつぶつと呟いた。感じ悪いな。

「……貴様に問う。もしや貴様は、大海原家の当代当主なのか？」

トウダイトウシュ……

ああ。

「当主だと言われたんですが、僕はそのつもりはありません。たぶんまだ祖母が当主をしていると思いますので」

「いやっ、だが、貴様は大海原なのだろう？」

「そうです。大海原――」

「この屋敷を訪れ、屋敷に招かれ、畏《おそ》れ多くも八将様の一柱、寅門《とらもん》の継王《つぐおう》様の喉元を撫で撫でできるなど、当主以外の何ものでもないだろうが！」

いや、そう言われても。

さっきからハチショウサマとか、イッチュウとか、トラモンノッグオウとか、わけのわからないことを言わないでほしい。聞きたいのは僕なのに、どうして何も知らない僕に聞いてくるんだよ。それにしても、トラさんの顎肉、よく伸びるな。

「にょふふふ……」

「ああ、羨ましいっ……！　俺だって寅様の顎肉をふにふにしたい！　それなのに貴様ぁっ！」

「ちょっと待ってもらえませんか？　怒る前に……というか、もう激怒されていますけど、その前に質問をさせてもらいたいんです」

そのために黒電話を使い、キタミネを呼び出したのだ。

ひいこは言っていた。キタミネを呼べと。ならば、僕の欲している答えをキタミネが知っているということ。

教えてほしい。

僕の今の状況を。

「ここは何なんですか？」

「はあ？　貴様、何を言って」

「トラさんはどうして喋るんですか？」

「喋っ……当主を否定したお前が、八将様のお言葉を理解するのか！」

「貴方は誰です？」

温厚でのんびりやだと言われている僕だって、逆鱗《げきりん》の一つや二つはあるんだ。

聞きたいことを教えてもらず、ただただ怒鳴られるだけで黙っていられるわけがない。

教えてもらいたい。

どうして僕はここにいるんだ。

どうして猫が喋るんだ。

どうしてひいこは。

ただただ面白そうに、背後の柱からこちらを覗き見ているだけなのか。

＋＋＋

犀波北嶺。

日麩本国《ニフポン》の清らかな川の流れを守護する水の神を祀《まつ》った、水鳴神社を守護する犀波家の当主であり、宮司《ぐうじ》。

目の前で美しい正座を披露している似非《えせ》マジシャンが、まさかの宮司。しかも由緒正しい超有名な神社の。

宮司の普段着って、袴《はかま》とまでは考えていなかったけど、まさかブラックスーツに赤いネクタイだとは思わなかったな。人って見かけによらないものだ。


縁側で騒がしくしていた北嶺に、柱の陰から顔を覗かせたひいこが怒鳴りつけたのは数分前のこと。

北嶺が壊れるんじゃないかっていうくらいの声で「遊行さまぁ！」と絶叫したと同時に投げつけられた雑巾は、北嶺の顔面にクリーンヒット。あの雑巾は台所の床を拭いたやつに違いない。ひいこの雑巾コントロールは素晴らしかった。

そんなひいこが「温かいお茶を淹《い》れなさい」と言うものだから、お茶の支度をしに台所に向かった。

その間、背後にいた北嶺にひいこが一言声をかけたのだ。「許します、おあがんなさい」と。

北嶺は目を輝かせ満面の笑みをさらけ出し、あっという間に靴を脱ぎ捨て和室へと駆け上がった。せめて玄関から入ればいいのに。そして北嶺は僕に向かって、「客に早く茶を持て」ときたもんだ。ちょっとあいつのことぶちたくなった。

台所で見つけた急須と湯飲み、調温ポットにお茶っ葉の缶を縁側前の十二畳の和室に運ぶ。和室にはいつの間にか木製のローテーブルが設置されていて、下座で北嶺が正座して静かに待っていた。

「ひいこさんは？」

「さすがに神代の前で寝間着《ねまき》はみっともないからね。着替えてくるように言ったのさ」

お盆を抱えたままの僕の足に、辰治がするりと身体を寄せる。

あの毛玉だらけのスウェットとトレーナーは寝間着……パジャマだったのか。

目の覚めるほどの美人でも僕と同じような格好で寝起きしていると知り、少しだけ嬉しくなった。

ローテーブルの上にお盆を置き、調温ポットを設置。お茶っ葉の缶には玄米茶と書かれていたので、お湯を湯飲みを移さずにそのまま淹れる。

煎茶《せんちゃ》は湯飲みにお湯をいったん入れ、湯冷ましをしてから急須に移すが、香りを楽しむ玄米茶は高温のままお湯を注ぐ。確かそう教わった。

「うわあ、綺麗な色」

「へへへっ、そうだろう、そうだろう。轟堂《とどろきどう》の玄米茶は色も喉ごしもそこいらの茶とはちげぇんだ」

お抹茶が入っているのか、鮮やかな緑が湯飲みに注がれる。香ばしい玄米の香りが鼻をくすぐり、煎餅《せんべい》が食べたくなった。これは良い茶葉だ。紅茶好きな祖母でも合格点を出しそうな匂いと色。

「トラさん、猫舌じゃないの?」

「おいらは猫の舌じゃねぇからな」

トラさんは目を細めてにやりと笑む。

「啓順《ケイジュン》、あたしにも頂戴《ちょうだい》な」

「辰治さんは熱いものが苦手なんだよね。氷を入れる？」

「いいや、このままで」

もしかしたらトラさんたちも飲むかもしれないと、平皿を持ってきて良かった。ついでに出せと指示された高級和菓子店の練り切りを添え、北嶺の前に置く。北嶺はぶすくれた顔のまま玄米茶と僕の顔を交互に見比べ、小さく会釈をした。平皿にお茶を注ぎ、お盆に載せたまま畳に置く。温かな湯気が昇る玄米茶の匂いをふんふんと嗅ぐと、トラさんはそのままぺろぺろと飲み始めた。僕ですら熱くて飲めない温度なんだけど、すごいな。

「大海原の当主よ」

美味しそうに玄米茶を舐《な》めるトラさんを興味深げに見つめていたら、北嶺が口を開いた。

「はい。僕は大海原啓順《たかゆき》と申します」

「うむ。犀波北嶺だ」

自己紹介なんかをしあって、北嶺が宮司であることを知った。

まさかの職業に驚いてしまい、僕はみっともなく口をぱっかりと開いて放心。

宮司って、こんな若くてもなれるものなの？　いや、そもそも宮司って日ごろ何をしているのかわからないんだけど。

「俺は水神の御神代である」

「あ、そのオミシロってなんですか？」

「……貴様、大海原の当主でありながら知らないのか？」

「はい。昨日、祖母にここに来るよう命じられただけです。説明も何もないままに」

「……ツマ子殿。面倒なことは全て人任せなのは相変わらずのようだな。せめて当主披露目くらいしていただきたかった」

北嶺も祖母のことを知っている。

というか、大海原のことを知っている。

「あのう、そう言われましても、僕は当主ではありません」

濃厚で柔らかな舌触りの芋練り切りを食べつつ、左手を挙げる。

北嶺は大口を開けて練り切りを一口で食べてしまうと、玄米茶をごくごくと飲み干し、湯飲みを差し出した。お代わりかな。

茶葉を変えて新たに湯を入れる。気づけば、いつの間にか僕の周りには猫結界。トラさん、辰治、石井、小松、葉結、如雨露が平皿に集まって玄米茶を飲んでいた。

「八将様とお心を交わしているというのに、当主ではないと言うのか？」

「オココロヲカワス……それも意味がわからないんですけど、八将様というのはトラさんたちのことですか？　確かにこの家には八匹の猫がいます」

「八匹などと無礼な呼び方をするな！」

突如声を荒《あら》らげた北嶺のせいで、トラさんと辰治を残して猫結界は散開。

猫は……猫じゃないかもしれないけど、動物は大きな音に敏感なんだよ。そうやって無駄に驚かすのは止《や》めてもらいたい。

「北嶺さん、大きな声は出さないでください」

「貴様っ、水神の御神代である俺を馴れ馴れしく呼ぶな！」

「だって、ひいこさんがキタミネって言うから」

「なっ⁉　ゆっ、遊行様がっ？　ううむっ、遊行様が……！　な、ならば仕方がない……ふふふ、ふふ」

キモチワリ。

北嶺は何を妄想しているのか、両手で顔面を押さえながら不気味に笑っている。

この似非マジシャンこと、由緒ある神社の宮司様。明らかにひいこさんに惚《ほ》れている。いや、崇拝しているというか。

偉そうで口やかましそうではあるが、そんなに悪い人ではないのかもしれない。ただ、絶対に友人にはなれないと思うけど。

膝の上にトラさんが乗ってきた。僕の膝をふみふみと手で押すと、その巨体をどっこらせと横たえる。正直に言えばとても重たいんだけど、この重みが猫好きにはたまらない。

「ふう。遊行様が俺をお呼びになられたということは、大海原の当主と面談……というわけではなさそうだな」

「聞きたいことがあれば、聞いてもいいそうです」

「俺にか」

「そうです」

「お前の知りたいことを俺に聞けと、ゆゆ、遊行様が、おおおぅ、おっ、仰られたのか！」

「はい」

「あふっ！」

突如自分の身体を抱きしめて悶絶《もんぜつ》する宮司様。

いやだな。神社の宮司さんって、もっとこう、神聖なイメージがあったんだけど。

北嶺はひとしきり静かに悶絶すると、なぜか息を荒くしながら偉そうに胸を張った。

「遊行様が俺を頼りになされた！　今日という素晴らしき日を俺の中で大安にしよう。よしよし、それならば大海原の当主、なんなりと聞くがいい！」

両手をガッと広げて、さあ来いと言われても。

ちゃんと答えてくれるのか不安じゃないか。

「えーと、それじゃあ、えっと、トラさんたちは猫に見えるけど猫じゃないと言われました。それなら何なんですか？」

「八将様だ」

「ハチショウサマって、どちら様ですか？」

「むっ、遊行様を守護する八柱《やはしら》の神だ」

「八柱の神。神？　神って、神様のことですか？　天国の？」

人差し指で天井を指すと、北嶺は手酌《てじゃく》で玄米茶を注ぎ、三杯目を飲み込む。

「天国という言い方はしないな。神々がおられる場所は、人が口にしてはならぬほど神聖な場所だ」

「……その神聖な場所にいる神様なんですか？」

「そうだ。八将様は大地を象《かたど》る八つの力の源であらせられる」

「はあ」

「火、水、風、土、光、闇、樹、海の八つの力を一つとし、その命を懸けて遊行様を守護する」

いや、ちょっと待て。

猫が喋る時点でおかしなことに巻き込まれていると思っていたけど、まさか神様が八人とか想像もしなかった。

北嶺に騙されているのだろうか。柱の陰からひいこが笑いながらこちらを見て――いない。北嶺も「そんなことも知らないのか」っていう顔をしている。

膝の上で呑気にまどろんでいる太った虎猫が、八将様？　神様？　まっさかー。

「残念なことにな、北嶺の言っていることは事実だぜ」

トラさんが顔だけを僕のほうに向け、くあああと欠伸をした。

まるで僕の疑心を見透かしているかのように。

「トラさんも神様なの？　八将様」

「おいらは寅門の継王と呼ばれている。八将の総大将。おいらの魂は燃え盛る炎だ。すげぇイケているんだぜ」

「神様だから猫じゃないの？」

「にゃん。おいらは猫に見えるが猫じゃねぇよ」

「どうして猫？」

「猫ってぇのは人に対して気まぐれでいいじゃねぇか。犬のように人に忠実に生きる必要はねぇし、黙っていたって可愛い可愛い言われるからな」

猫がそれを言ったらダメな気がする。

確かに的を射ているんだけど、猫自身がそんなこと思っていたら嫌だな。

「八将様は本来望んだ姿を取られるのだ。今生《こんじょう》が猫のお姿をなされているだけで、俺の先々代の御神代の時は美しき白狼のお姿をされていたとか」

「はくろー？」

「白い狼のことだ。貴様、本当にものを知らんのだな」

「スミマセン……」

　知らないことは恥ではない。知ろうとしないことが恥なのです。

　祖母は常日ごろ、僕にそう言っていた。だから今、知らないことを教えてもらおうとしているのに。

　僕が少しだけ落ち込んでいると、辰治が毛並みの美しい身体を僕の腕にすり寄せた。

「気にするんじゃあないよ。知らないことを恥じる必要はないさ」

「……ばあちゃんにも言われた」

「ふふふ。ツマ子の言葉はひーこの言葉さね。あの子だって何も知らぬときがあったんだ」

　辰治はまるで懐かしいものを思い浮かべるかのように目を細め、僕の太ももに顔を載せた。トラさんもそれを黙って見、背中を撫でろとせかす。

　そして気づけばまた僕の周りには猫結界。どこからともなく猫——八将サマたちがわらわらと集まり、僕の身体で暖をとろうと身体を預ける。

「お前は大海原の当主ではないと言ったが、その姿を見る限り間違いないだろう」

「大海原の当主は猫……八将サマに気に入られるんですか？」

「神を諌《いさ》め、宥《なだ》めるお役目を担《にな》うが遊行様。その遊行様を守護し慈《いつく》しむが八将様。大海原は――」

北嶺が突然制止した。

パソコンがフリーズしたときのように、湯飲みを片手で持ったまま、微動だにしない。

あれ。この人、電池切れ？　まさか北嶺こそロボだった説？

「北み……」

「大海原はあたしの監視とお目付役」

固まったまま頬を赤らめ始めた北嶺を不気味に思い、恐る恐る呼んでみたが、返事はなかった。

代わりに、僕の背後から尊大な態度で声をかけてきたのは、ひいこ。

「あと、今日からアンタは料理係ね」

猫結界は散開し、トラさんを残して全てがひいこのもとへ移動。

名残惜しいと猫たちを目で追えば、そこには――

「夕飯は、カップに入ったラーメンよ」

黒に朱色と黄金《こがね》の花牡丹《ぼたん》。

鮮やかな手描き友禅の絞り古典、鹿子《かのこ》模様。

祖母の高価な訪問着の数々を見てきた僕だからこそわかる、伝統技法をこれでもかと使いまくった見事な振袖だ。

さっきまでの毛玉寝間着姿とはまるで違う。

漆黒の髪を真っすぐ背に垂らした、お姫様のような出で立《いた》ちのひいこがいた。

そういえばテレビで、地味な服装の女性がプロのスタイリストらの手で美しく変身を遂げるという、ビフォー&アフターを売りにした情報番組を見たことがある。

女性は化粧や服装だけでガラリと印象が変わるんだなあと、感心したものだった。

「ひーこ、立て矢がすこうしズレてるぜ」

「あら。久しぶりの結び方だから、手先の加減がわからなかったわ。啓順《ケイジュン》、直して」

トラさんに言われ、ひいこは背中の帯を振り返った。

まるで江戸時代にタイムスリップしてしまったようだ。

黒地に金糸銀糸をふんだんに使った振袖を翻《ひるがえ》し、ひいこは僕に後ろ姿を晒《さら》した。

後ろ姿もまた見事で、立てば芍薬《しゃくやく》という言葉がぴったりだ。ここに祖母がいたならば、あらまあ素敵なお嬢さんだこと、と喜んでいるだろう。

「啓順《ケイジュン》、何をぼさっとしているの。この帯は真っすぐじゃだめなの。少しだけ斜めにして頂戴」

「あ、はい」

ひいこの後ろに慌てて近づき、真っすぐになっていた巨大なリボン型の帯に手を添え、少しだけ傾ける。

こんな難しそうな帯、一人で締めたのだろうか。

「うん、それでいいさ」

辰治が帯の位置を確認すると、ひいこは満足顔で振り返った。

この綺麗な女性が、さっきの毛玉寝間着姿の女性と同一人物だとは。魔法の力で変身する魔女っ子ですと言われても、きっと信じてしまうだろう。動きづらそうな振袖だから悪の組織とは戦えないが、アイドル活動はできそうだ。いや、女優かな。

幼少期に見たアニメ番組を想像していると、ひいこはローテーブルの前にゆっくりと正座し、突っ立ったままの僕を見上げる。

「あたしにもお茶を淹れて頂戴。北嶺が文句を言わずにお代わりをするなんて、アン夕よほど美味しいお茶を出したようね」

「へっ」

ローテーブルを手のひらでぺんぺんと叩いたひいこは、お茶の催促をした。

向かいに座す北嶺は、さっきから一言も発していない。ぴっちりと伸びた背筋に薄紅の頬。不機嫌そうな目つきはどこへやら、穏やかな好青年風の微笑みを湛《たた》えている。

誰だお前。

ひいこに促されるまま茶葉を変え、玄米茶を淹れる。北嶺はすでに三杯を飲み干しているが、出せばきっと飲んでくれるだろう。

練り切りのお代わりもついでに出すと、ひいこはそれを上品に口に運んだ。

さっきラーメン食べていた人と同じ？　双子……にしては尊大な口調はそのままだ。

まさかロボ⁉

「うん、美味しいわ。アンタお茶を淹れるのも上手いのね。それで？　どこまで聞いたのよ」

お茶を飲み込み、満足そうに頷いたひいこに問われ、何のことやらと首を傾げる。

すると、トラさんの肉球パンチが僕の肘《ひじ》に炸裂《さくれつ》。

「はい！　ええっと、トラさんが猫に見えるけど猫じゃありませんでした」

慌てたせいで素っ頓狂《すっとんきょう》なことを言ってしまったが、ひいこは唇の端をにゅいっと曲げ、不敵に微笑んだ。

「だから言ったでしょう？　今はただ猫の姿をとっているだけよ。もうどのくらい経つのかしら？　四十年？」

「にゃん。戦前だから九十二年さね。ひーこ、今年が何年なのか忘れているだろう」

「ふん。時間の経過に興味はないもの」

辰治にそう応えると、綺麗な紅葉の形をした練り切りに竹フォークをぶっ刺し、大口を開けて一口で食べてしまう。

そんなひいこを眺めながら、さっきの人と同一人物だったと安堵した。

さて、今のひいこと辰治の会話を復習してみよう。

八将様という謎の守護神だった、トラさんたち素晴らしき猫集団。猫に見えて猫じゃない謎の生き物は、望んで猫の姿をしている。

そして、猫の姿になってから九十二年。日麸本国《ニフポン》が引きこもりをした世界大戦から、来年で八十年になる。当然、僕には戦時中の記憶なんてないけれど、世界大恐慌などと言われていたあの時代でも、日埜本国だけはのんびりまったりと生き抜いていた。

僕は床《とこ》の間《ま》を背にしたひいこに向かい合う形で座り、恐る恐る右手を挙げる。

「あの、質問いいですか」

「何よ。聞きたいことがあれば北嶺に聞きなさいよ」

ひいこはつまらなそうにそっぽを向き、辰治はニッと牙を剥いて笑った。猫が笑うとああなるのか。

肝心の北嶺はひいこの右隣で好青年な笑顔のまま、ただウンウンと穏やかに頷いている。借りてきた猫のようにおとなしくなった北嶺に、何を聞けばいいんだろう。

「それじゃあ聞きます。トラさんたちは猫じゃなくて猫に見えるだけ。八将様で守護神様。戦前から猫の姿でいるということは、それより前は猫じゃなかった。となると、トラさんたちはとても長く生きている？　と、いうことです、か？」

ひいこの顔色を窺いながら、ただ微笑むだけの北嶺に五杯目のお茶を注ぐ。

北嶺は相変わらずで何も答えないが、辰治は面白そうに再び笑った。

「ふうん。ただのぷにぷにしたボウヤかと思っていたけれど、さすがは大海原の当主ね。呑み込みが早いじゃない」

「ぷにぷにっ……いや、これは、ちょっと、仕事を辞めてゆっくりしていた反動で」

慌てて腹回りを両手で隠し、身をかがめるようにしてから急須にお湯を入れる。

北嶺は湯飲みにお茶を注いだそばから飲み干してしまうので、わんこそばのようになっている。せっかくの高級茶葉を水みたいに飲まないでほしい。

僕の脂肪はともかく、トラさんたちに対する認識は正しいようだ。

もちろん突拍子もない話であることは理解しているんだけど、今朝からとにかく信じられないことが立て続けに起きていて、何に対して驚き、慌てればいいのかわからない。

祖母からは、耳にタコができて収穫できるほどに聞かされ続けてきたことがある。

それは「情報の世界を信じないこと」だ。

インターネットの情報だけでなく、テレビの情報もそれが絶対に真実だと思うなと言われた。

真実は自分自身の目で見て、耳で聞いて、肌で感じたことだけ。

SF映画では脳が認知する情報すら操作できるなんて話もあるが、それはさておくとして。

「猫が喋る理由を考えて、最新技術を駆使したロボットじゃなければ、未確認生物かなと思ったんだよ」

「ふふふふっ、アタシらはお化けでも宇宙からの客でもないさ」

「ああ、でも宇宙猫って言われたら納得するかもしれない」

「あっははは！　言ってくれるじゃねぇか！」

楽しそうに尻尾をぶんぶん振る辰治と、ローテーブルをべしべし叩くトラさん。

ひいこはいつの間にか練り切りを五つ食べ、北嶺はご機嫌なままだ。

「こういうのは説明するだけ無駄だと思っていたのだけれど、ツマ子の孫だけあるわ。肝が据《す》わっているというか、変わっているというか、つまりは変人ね」

変わっている人代表選手のひいこに言われたくはないが、祖母の孫として褒められたようで少し嬉しい。

なんだかんだと小うるさくはあるけど、尊敬する人はと問われたら間違いなく祖母の名前を答える。それくらい恩があるし、祖母の真っすぐな生き方は格好いいんだ。

「変人と言われて笑っていられるのは大海原だけね。あの子も、同じだった」

用意した練り切りを全て食べてしまったひいこは、縁側から広がる鬱蒼《うっそう》とした庭を眺めて目を細めた。

懐かしいものを思い出すかのごとく、悲しそうに微笑んで。

風に泳ぐ猫じゃらしの海は傾いた太陽の日に照らされ、まるで小麦畑のようにも見える。

妙な屋敷に来てしまったけれど、僕は後悔をしていなかった。

トラさんたちに出会えたことは何よりも嬉しいし、ひいこみたいな美人と知り合えたのも光栄なことだ。北嶺は、まあ置いておこう。

ひいこは三杯目のお茶を一気に飲み干すと、湯飲みを僕に差し出した。

「さあ、支度をなさい。ちょうど水神の神代が来ているのだから、くどくど説明するよりも一発ガツンと見せてやるわ」

呆《ほう》け続ける北嶺の頭を平手で叩き、すっと立ち上がる。

――ジリリリリンッ。

それと同時に鳴り響く黒電話。

また一波乱ありそうな予感がする。

早く取りなさいよとひいこに急かされ、けたたましく鳴り続く黒電話を取る。

重たい受話器を耳に当て、聞こえてきた第一声は「助けてください」だった。か細い女性の声だ。

貴方は誰なのか、そこはどこなのか、どうして助けを求めるのか。

聞きたいことはたくさんあるのに、早鐘《はやがね》を打ち始めた心臓がそれを許さない。

誰かからの救難を求める声なんて、緊急通報先のオペレーターでもなければ落ち着いて対処できないだろう。

何と答えればいいのか言葉に詰まっていると、通話はあっさりと切れてしまった。

僕はどうすればいいのかわからず、廊下に出てきたひいこに助けを求める。

ひいこはただただ呆れた顔をして、腰に手を当てて深く息を吐いた。そして。

「面倒な説明をするよりも、その目で見て理解しなさい。どうせアンタ、今さらおとなしく帰るわけにはいかないんでしょう?」

そう言い残すと、振袖を翻し、玄関へと歩き出した。

どうして黒電話が鳴ったのだろう。

電話の向こうで助けを求めていた女性は誰だろう。

女性はどうしてここに電話をしてきたのか。

聞きたいことがどんどん積み上げられ、僕はただ状況に流されるしかなかった。

トラさんと辰治に促されるまま、出かける用意をする。

ぼんやりと微笑んでいた北嶺は黒電話の音で覚醒し、素早い動きで縁側から外に出た。そのまま猫じゃらしの海をわさわさと歩くと、門扉《もんぴ》前に停車したままの黒塗りの高級車の前で待機。ゆっくりとした動作のひいこが玄関から出てくると、北嶺は高級車の前で深々と頭を下げた。

ひいこは猫じゃらしの海に入り、呆然と突っ立っている僕に声をかける。

「啓順《ケイジュン》、アンタもぼんやりしていないでついてきなさい」

「あの、僕の名前はタカユキ……」

「そんなことどうでもいいでしょ」

含みのある笑顔を見せたひいこは、黒い髪を風に遊ばせ凛《りん》と立つ。

まるで絵画のような光景に目を奪われてしまうが、その背後で車のクラクションが鳴り響いた。

「ゆっぎょうっさまー！　支度は整っております！　オラッ、大海原のぽっちゃり！　さっさと入れ入れ！」

北嶺が車の傍で飛び跳ねつつ、でっかい声で呼ぶ。

だから僕をぽっちゃりと呼ぶのは止《や》めてくれないかな。ちょっと腹の肉がつまめるだけじゃないか。

不貞腐《ふてくさ》れる間もなく、トラさんと辰治が僕のズボンの裾に噛みつき、さっさと動けと促す。

疑問を解消してくれない。答えてもくれない。わからないことは山ほど。

ここで僕が腹を立てても、意味がないだろう。それなら言われたことに従い、ついでにいろいろ教えてもらえばいいや。僕の性格がのんびりやでよかった。

北嶺が所有しているらしい黒塗りの高級車は、祖母が乗っている車に似ていた。僕はほとんど乗ったことがないんだけど、祖母の車にも制服を着た運転手がいる。

水鳴神社は有名だし、歴史もあるし、都心部にあるのに敷地がめちゃくちゃ広い。お社が綺麗に整備されているから、きっとお金はあるんだろう。いや、神社についてそういうことを考えるのは無粋《ぶすい》かな。

立派な神社の宮司は、立派な車に乗っている。座席は革張りでふっかふかだし、専用の運転手付き。

停車も発車もスムーズだ。すごいなあ、こんな高い車を乗り回しているなんて。さすが有名神社の宮司。

車内では誰も話をしなかった。トラさんも辰治も、ただ僕の膝の上に座って流れる景色を楽しそうに見ているだけ。

聞きたいことはあるけど、一応空気を読んでみた。

後部座席の僕の隣に座るひいこは、姿勢正しく座ったまま目を閉じている。

ひいこのさらに向こう隣に座っている北嶺は、そんなひいこの顔を飽きずに見つめていた。

車が首都高速に入ると、ひいこは閉ざしていた目をゆっくりと開く。

ガン見したままの北嶺の頭を手のひらでひっぱたき、一言。

「ここからあっちの方向。どうやらまた春日《ハルヒ》らしいわね。電話の相手は弱っちい声の女でしょう?」

あっちって、どっちだろう。

車の方向指示機をかちこちと鳴らした車は、するりと車線変更した。

さすが高級車を運転する人は運転が上手いな、なんて感心していると、僕のお腹をふみふみする肉球が。

「オラ啓《ケイ》の字、聞いてんだろうがよ」

「えっ？　僕？」

「電話をとったのはテメェだろ」

トラさんにそう言われ、慌ててひいこの方を向く。

ひいこは再び目を閉じていた。その向こう隣にいる北嶺は、僕を射殺さんばかりに睨みつけているけど。

「はい、えーと、助けてって言ってました。声が震えていましたね。何か、とても怖がっているような」

「あの子は無駄に優しいのよね。放っておけばいい業《ごう》や念を全部引き受けてしまうの。そのたびに死ぬほどの思いをするくせに、止《や》めようとはしないんだから」

ゴウやネン？

また、わからない言葉が出てきた。

「前の祓《はら》いから……やだ、み月《つき》は経っているじゃない。あの子、また限界まで我慢したのね。今回のは少し厄介かもしれないわよ！」

「ハイッ！　この水神の御神代であるわたくしが、遊行様の些細な憂《うれ》いも全て晴らしてみせます！」

ひいこは拳をぐっと握って力強くわけのわからないことを言うと、北嶺もそれに従って両手の拳を握りしめた。

＋＋＋

練馬区《レンバ》春日町《ハルヒ》。

車がするりと停車した先は、ぽかりと広がる空き地。

民家が密集しているこの地域で、住宅一戸ぶんの土地が空《あ》いていた。不動産屋とか月極《つきぎめ》駐車場の看板は見当たらない。有刺鉄線《ゆうしてっせん》に囲まれた、ただの空き地だ。

こんな場所が目的地であるはずがないと思っていたのに、北嶺とひいこはさっさと車から降りてしまった。トラさんと辰治もそれに続いたため、僕も降りる。

僕らが降りた途端、車は走り去ってしまった。帰りはどうするんだろうか。

「さーてと、溜まりに溜まっているわね。北嶺、わかる?」

ひいこは空き地の真ん中を眺めながら、桜の花びらが描かれたたすき紐で長い袖をたくしあげた。

北嶺は赤いネクタイを指でしゅるりと外すと、ジャケットを脱いで僕に投げる。

「黒々としております。これだけの邪気の集合体は久々に見ました。先日、豪雨によって春日川が氾濫《はんらん》しました。そのせいではありませんか?」

「因果《いんが》とはいえ、業が深いわね。北嶺、水神を降ろしてちょうだい」

「わかりました。お願いいたします」

完全に部外者の僕は、とりあえず二人の邪魔をしないようにする。

さっきまでぼんやり呆けていた北嶺が、まともに受け答えをしていた。ああしていればイケメンの部類なんだけどな。

北嶺から預かったジャケットには、某有名なブランドのタグがついている。これはシワにしたら叱られるな。

慌ててジャケットを丁寧に扱うと、足元にトラさんが近寄ってきた。

「おう、啓《ケイ》の字。ちいとばかり離れていろよ」

トラさんが示す先には辰治がお座りをしていた。そこは空き地から道路を挟んだ向かいの家の玄関。辰治は階段状の門扉に堂々と侵入している。

そういえば、あれだけでかい黒塗りの車が停車していたのに、人っこ一人出てこないな。平日の昼間だからだろうか。

それにしたって、まるで生活感のない住宅街。なんだか不思議だ。

「トラさん、これから何をするの？　ここに何があるの？」

道路に面した空き地には雑草がそこかしこに生えていて、どこにでもある風景だといえる。

そんな空き地の前でたすきがけをした振袖の美女と、ジャケットを脱いだスーツ姿のイケメン宮司。そして、僕と猫二匹。

辰治はニイッと笑い、前足でヒゲをちょいちょいと撫でながら言う。

「まあ、じいっと待っているといいさ。水神の降臨でアンタも多少なりとも力を得るだろうよ。そうしたら、何もかもわかるからさ」

ミズカミの後輪？

ミズカミって車のことなのかな。

秋晴れの心地よい天気だったはずなのに、気づけば辺りは薄暗くなっていた。見上げると、澄み渡った青空が映る。それなのに、空き地の上だけはまるで今にも雨が降りそうなほどの曇天模様。しかも、肌にはちりちりとした熱を感じる。真夏の太陽の光に照らされているかのような、そんな強さだ。

生温い風が頬を撫でた。北風が吹き始めたこの季節に、どうして。

「はっはあ。こりゃあ骨が折れそうだぜ、辰の字よ」

「あそこまで黒にまみれた邪雲《じゃうん》は久々だね。ふふふ、水神も久しく腕を振るうだろうさ。なにせ大海原の若き当主の御前だ」

「繁盛して銭が潤《うるお》っているヤツにはいい仕置きになるだろうよ。へっ、ざまあみろだ。精《せい》も魂《こん》も尽き果てるまで、せいぜい気張るんだな」

人様のお宅の玄関先に座り込む僕の膝の上には、二匹の猫。まるで他人事のように空き地を眺め、ケラケラと笑っている。

僕は二匹の後頭部を指先でぐりぐりと撫でながら、空き地に入るひいこと北嶺の後ろ姿を目で追った。あの二人は、何に向かって歩いているんだろうか。

真っ黒な雲が広がり、太陽が隠れてしまった。

それなのに感じる光の熱。気持ちの悪い生暖かい風。

この妙な状況は、自然現象とは思えない。嫌な予感というものが現実になる過程を体験しているような気がする。

そう、なんだか嫌なんだ。

ここにいたくない。

今すぐにでも逃げ出してしまいたい。

なんだろう、なんなんだろう、嫌だ。

すごく嫌だ。

帰りたい。

どこへ？

どうやって？

いやだ。いやだ。

いや。

「啓《ケイ》の字、落ち着きな」

もふん……

頬にあたる柔らかな肉球。

トラさんのちくちくとした毛が肌に触れた瞬間、僕の視界がさっと晴れた。まだ原因不明の薄暗さはあるが、さっきまで全身に取り憑《つ》いていた嫌なものが全てなくなった気がする。

「毒気《どくけ》にあてられたんだろうよ。落ち着いて息を吸って、吐きな」

辰治に背中をとんとんと叩かれると、額からぽたりと汗が落ちた。いつの間にか全身が汗でびっしょりと濡れている。夏場でもここまで汗をかいたことはないのに。

坂道を全力で駆け上がった時の、あの疲労感。心臓もばくばくと鼓動していた。ただ座っていただけなのに、息が上がっている。

額の汗を袖で拭い、トラさんの顎肉を指で伸ばしながら必死に呼吸を整えた。

トラさんはなんて言っていたっけ。どくけにあてられた、って。

「どくけ?」

「ああそうさ。人の強い願いっていうのは、良くも悪くも残るんだ。たとえその願いが叶ったとしても、叶えようとした思いだけが残っちまう」

「人の願いが、残るということ？　それが、どくけ？　どく……悪いものなの？」

「そうだよ。見えやしないものだけどね。だけど、ひーこや神代はそれが見えてしまうんだ。もちろん、アタシらも」

「見えないものが見えているということ？　今も？」

トラさんと辰治は同時に頷くと、もっと撫でろとせがんでくる。

生暖かい風は次第に威力を増し、ひいこの振袖をはためかせるほどになっていた。だけど、空き地に生えている雑草は静かに空を仰いだまま。まるで風なんか吹いていないかのように。

これ、あれだ。超常現象。いや違う。こういうの、なんていえばいいんだ？　こんな体験したことがないから、冷静でいられる自信がない。ああもう、トラさんの顎肉たまらん。

「大いなる命を作りし源《みなもと》の長《おさ》、我の聲《こえ》に応えよ」

北嶺が呟いた。

呟いただけなのに、その声はマイクのエコーのように響き渡る。風呂場にいるときみたいに反響し続けた。

ここは外だから、声が反響するなんてあり得ない。実は見えないガラスの中にいたとか？　だから空は晴れているのに薄暗いんじゃないかな。

そうだよ、きっといつの間にか巨大透明ドームに入っていたんだよ。

「こら」

「うぺっ」

「よそ見をしているんじゃねぇ。北嶺に水神が降りるぞ。おもしれぇからじっくり見ようや」

再びトラさんの肉球が頬にあたると、そのまま力を入れて無理やり空き地のほうへと顔を向けられる。

ちょっと現実逃避したかったんだけど、それも許してはくれないのか。

なんだか怖いんだよ。あっちを見たくないんだ。

空き地には何もないんだけど、何かがある気がしてならない。僕には霊感なんてないのに、どうして気になるんだろう。

北嶺が俯《うつむ》くと、辺りはもっと暗くなった。風もますます勢いを増し、すでに強風と呼ばれるくらいに吹き荒れている。

ここからは北嶺の背中しか見えない。さっきから空き地に突っ立って何をしているのかと思えば、北嶺の背中からゆらりと影のようなものが現れた。影という呼び方でよいのかはわからないけど、ともかく影っぽい、煙のような、陽炎《かげろう》みたいな。

何かが北嶺にまとわりついている。

辰治にあれが何なのか聞こうとしたら――

「水神！　もったいぶっていないでとっとと来なさいよ！」

ひいこの罵声《ばせい》が飛んだ。

強風の中でも知らん顔で仁王立ちするひいこは、腕を組んでさらに叫ぶ。

「春日《ハルヒ》の限界がブッ飛んで影になったら、アンタのこと能無し神って呼んでやるわよ！」

誰に向かって何を叫んでいるんだ。

北嶺の全身を取り巻くもやもやとしたものが、全て身体に吸い込まれていくと。

――やれやれ、神使いが荒いんじゃないかい？　姫巫女《みこ》よ。

カラオケマイクのエコーを全開にして音痴《おんち》なのを誤魔化す僕の声みたいに、北嶺の、いや、北嶺の声を使った誰かが言った。

音が空気をぴりぴりと振動させる。

姫巫女って、ひいこのこと？　なんで姫巫女？


――大海原の新しき当主の前だろう？　少しくらい焦《じ》らしてもいいんじゃないかとね。


ふふふ、と上品に笑った北嶺は、くるりと僕を振り向く。

そこに立っていたのは、さっきまで不遜《ふそん》に笑っていた北嶺じゃない。ジャケットを脱いだスーツ姿でもない。

上半身は戦国時代さながらの甲冑《かっちゅう》姿に、下半身は美しい藍色の袴。巨大な薙刀《なぎなた》のようなものを手にし、髪の色も目の色も、一瞬にして早変わりしていた。

まるで戦国ゲームに出てくるみたいな、見事なコスプレ姿だ。

「北嶺……？　じゃ、ない」

「軟派宮司とあいつを一緒にしたら気の毒だぜ」

「コスプレイヤー！」

「それを言ったら、罰が当たるよ」

僕の両脇にトラさんと辰治のパンチがめり込むのと同時に、青空から特大の稲妻が落ちてきた。

両耳を塞いでも鼓膜《こまく》が破れてしまいそうな、力強い振動が全身を激しく包む。

一瞬にして、どうやって着替えたのか。

同じ北嶺のはずなのに、顔が違う。喋り方が違う。立ち姿まで別人だ。凛として、堂々としていて、怖いものなんて何もないような。

「水神、アンタの力を貸しなさい」

ひいこが、コスプレ……じゃない、北嶺っぽいけど北嶺ではない男に右手を差し伸ばすと、男は不敵ににやりと笑った。

——お前のそういう態度が、たまらなく好きなんだよ。

少女漫画のイケメンヒーローが言いそうな台詞をしれっと言えちゃう男が、この世の中に存在していただなんて！

そんなことを考えていたら、再び両脇に猫パンチをくらった。

稲光が激しく轟くなか、強風に袴をはためかせた男。

一瞬にしてコスプレイヤーと化してしまった北嶺に、僕はただただ口をぽっかりと開けるだけだった。

この強風と雷はどうなっているんだ。どこから、どうやって。

「おうおう、気合入っていやがんな！　水のぉ！」

トラさんがまるで茶化すように叫ぶと、男は巨大な薙刀を片手で軽々と掲げて見せた。

遠く近く、不思議な感覚に陥る音で叫ぶ。

――おうよ、寅の！　神代は昨今、随分と調子をこいていたからな、仕置きのつもりで精力を搾り取ってやるさ。

「あっははは！　そいつぁ豪儀《ごうぎ》だ！　大海原の当主に、テメェの力を見せてやんな！」

腹を抱えて笑うトラさんは、僕の膝で飛び跳ねる。痛い痛い。重い。

あの男はやはり北嶺じゃない。

少々無礼な宮司とはさっき会ったばかりだけど、目の前で見事な扮装《ふんそう》をしている男が別人であることくらいはわかる。トラさんは『水の』と呼んでいた。

――姫巫女殿、お好きなようになされよ。

「願いは遺《のこ》してはならないわ。欠片《かけら》一つも逃さないで」

――仰せのままに。それにしても、当代当主は随分と頼りないようで。

「ふん。アタシの知ったことではないわよ。それよりも、いい？」

――参ろう。

相変わらず、ひいこと男の背中しか見えない。

生暖かい風が次第に強い熱を帯び、真夏のオフィス街で感じるあの熱風を彷彿《ほうふつ》させる。エアコンの室外機の前に晒《さら》されているようだ。暑いのは得意じゃないのに。

上着を脱いで、シャツの袖をまくり上げる。膝に陣取るトラさんと、僕の足の間でお座りをする辰治の存在すら暑くて。

そもそも、この毛皮を纏った二匹は暑くないのかな。

「トラさん、辰治、暑くないの？」

ズボンのポケットからハンドタオルを取り出し、額や首周りの汗を拭《ぬぐ》う。

この熱風地獄の中、二匹は平然としていた。

「この暑さを感じるということは、アンタも水神の神気《しんき》に対応しつつあるということさ。普通の人間じゃあ、風すら感じないんだよ」

「みずかみのしんき？」

「あそこにいるヤロウが、水神《みずかみ》——つまりは水神《すいじん》だ」

トラさんが顎をくいっと示す先には、薙刀を構えた男。

すいじん。

すいじん？

水腎？

「僕の元上司が水腎症っていう、片方の腎臓が腫《は》れる病気にかかっていて……」

「テメェなあ、現実から逃げたい気持ちはわからねぇでもないが……気ィ抜くと、死ぬぜ」

「えっ？」

どうしてトラさんはそんなことを言うのだろうと思っていると。

――ギャリンッ！

金属をこすり合わせたような、とても嫌な甲高い音が響く。
慌てて両耳を塞ぐと、水神《すいじん》と呼ばれた男が薙刀を振りかぶったところだった。
何もない中空をどうして切り裂く必要が――と思った刹那《せつな》。
「出るわよ！　東を西に一文字、合水和泥《がっすいわでい》、一刀両断！」
ひいこが叫ぶのと同時、水神は薙刀を両手に構え、中空を真横に切り裂いた。
激しい稲光と豪風、そして微《かす》かな花と春の匂い。
湿った空気がさらに重苦しく、ありえないほど空気が濃く。
耐えられない暑さだというのに、僕は膝で寝そべるトラさんを抱きしめてしまった。
柔らかな毛がちくちくと顔面に突き刺さる。
また、あの嫌な予感が全身を包み込もうとしていた。
逃げ出したくて、逃げ出したくて、恐ろしくて。

──地霊春日《ハルヒ》、人の願いに負けるでない。

「そうよ！　春日、アンタがいるからこの地は穏やかになれるの！　くだらない思いや願いなんかに、決して負けないで！」

ひいこが何かに向けて叫ぶ。空き地の真ん中、何もないはずの、その空間へ。

空き地を囲う緑のフェンスが、ぐにゃりとねじ曲がった。

いや、違う。あれは、違う。

何もない空間に黒い歪《ゆが》みが現れたのだ。

「黒い、歪み……」

「おう？　なんでぇ、啓《ケイ》の字、知っているじゃねぇか。アイツが春日《ハルヒ》。この地を守る地霊」

「ちれい。大地を守る、神様」

「おうよ」

誰にも聞いたことがないはずなのに、知っている。

あれはそう、僕がもっと幼いころ。

祖母の家で庭の草むしりの手伝いをしていた時だ。

無駄に広い屋敷は、立派な日麩本《ニフポン》式庭園。樹木は専門の業者を呼んで剪定《せんてい》をするらしいが、雑草などの草むしりは僕の仕事。むしり取った雑草は全て肥料にするそうだ。

一日中やるからとても疲れるけど、バイト代は破格だった。同世代の友人が絶対に手にできないような金額を得るため、僕は必死になって草むしりをした。

縁側でのんびりと僕を見ていた祖母が、柔らかな日差しのなかで紅茶を飲みながらぽつりと言ったんだ。

『ああ、こんなお日和《ひより》には地霊様が優しく浄化できるでしょうね』

チレイサマが優しくジョウカの意味がわからなかった僕は、当然祖母に問う。

わからないことは聞け、わからないことは恥ではない。

その教えの通りに聞くと、祖母はにんまりと笑って教えてくれた。

『この大地にはね、大地を大地とせん「地の精霊様」がおられるのです。つまりは、大地の守り神。地の精霊様を地霊様と言って、地霊様はいいことも悪いことも全部吸い取ってくれるのです。そうやって、私たち人間を優しくお守りくださるのですよ』

まるでおとぎ話をするような祖母の優しい口調に、僕はさらに問うた。

ばあ……じゃなくて、ツマ子さんの庭には地霊がいるんだね。いろんなことを吸い取った地霊はどうなるの？　と。

すると祖母は美しい花柄のティーカップを傾けて言った。

『汚《けが》れてしまうのです。人の思い、願い、欲望、妬《ねた》み、憤怒《ふんど》、全てを吸い込んだ地霊様は、影になる。影に堕《お》ちた地霊様は怒りを溢れさせ、爆発するのです。地霊様の力はとてもとてもすさまじく、大地を激しく揺らし、生きとし生けるものを呑み込みます』

大地が激しく揺れるというのは、地震？

地震のことなのかと問うと、祖母はゆっくりと顔を左右に振る。

『この国がある大地が揺れるのではありません。地霊様の治められる大地だけです』

祖母の話が次第に怖くなってきた僕は、どうして人を守る神様が怒って爆発するのか不思議でならなかった。

僕が知っている神様というのは、たくさんいる。水にも火にも風にもいて、トイレや押し入れといった場所にも存在している。妖怪や物《もの》の怪《け》もある種の神様のようなので、僕たち日麩本《ニフポン》国民が古来から祀ってきた大切なものだ。

『地霊様が爆発してしまったら、その地霊様はどうなるの？』

祖母は悲しげに目を瞑《つむ》り、小さく息を吐き出した。

全て理解できたわけじゃないけれど、その地霊様というのがもしかして……

『何もないところがぐにゃりと曲がったら、それが地霊様なのです。白い色ならば優しいままの地霊様。ですが、真っ黒な色の歪みは――』


――ハアアアッ！

水神の怒声が轟く。

青く輝く薙刀は、真っ黒い何かを斬りつける。だが、黒い何かはぐにゃりぐにゃりと自在に形を変え、するすると薙刀を避けた。

「水落石出《すいらくせきしゅつ》ッ、北に南に東に西！　天照《あまてらす》の強き力を清き水に！」

ひいこが両手を素早く動かして、何かをしている。印《いん》のようなものを両手で素早く組むと、水神の全身が仄《ほの》かに光りだす。

そして、次第にひいこの両手に青い、蒼《あお》い――文様が浮かび上がった。

複雑で繊細な、刺青《いれずみ》のような。

水神が素早く上空に飛び、薙刀を十字に斬る。

——あ゛あ゛あ゛ぁぁあ゛ぁぁ。

黒い何かが叫んだ。

「叫ぶ」という言葉があっているのかはわからない。空気を振動させる音ではないからだ。

脳内にダイレクトに伝わる、叫び。

ただ、叫んでいる。泣いている。

やめてくれと、お願いだからと。

「水神っ、このままじゃ春日《ハルヒ》が可哀想！」

——影に堕としてたまるものか。水は癒《いや》しと許しの象徴。水神の宿りし癒しの水、汚《けが》れた影に光をささん。

ひいこの蒼い刺青は首から顎に侵食し、耳に届きそうになっていた。

あの声は何なんだよ。

この叫びは何なんだよ。

どうしてあれをいじめるんだ。

やめてくれって、お願いだからって、言っているのに。

「啓《ケイ》の字！　啓順《ケイジュン》、おいこら、囚《とら》われるんじゃねぇぞ。落ち着け」

「トラさん、泣いているんだ。やめてくれって、言っている」

トラさんのもっふりとした肉球に両頬を挟まれ、耳の側で叫ばれた。

僕は身体をかがめ、ちいさくして震える。

逃げたいのに、逃げられなくて、可哀想で、辛くて。

「やめてほしいから、ひいこと水神が祓《はら》おうとしているんだ。テメェが囚われたら、春日がもっともっと苦しむんだぞ。ほれ、そっちに行くんじゃない」

「啓順《ケイジュン》、アンタは優しい。だけど、優しさだけじゃ春日は癒されないのさ。時にはきつい躾が必要になるんだよ。そっちは駄目だよ、啓順」

トラさんの声と、辰治の声。

強くなった叫びに紛れて聞こえる。

春日、春日。春日町を守る、地霊。大地の神様。

ずっとずっと大昔から、この大地を守ってきた。

人が住むようになって、そこを流れる春日川《ハルヒ》が狭められ、せき止められ、埋め立てられ、それでも春日は人を守った。

だけど人はいつしか春日を忘れた。

忘れられた守り神は力が衰《おとろ》える。春日は人をそれでも癒し、慈しみ、愛し、大地を守った。

ふと脳内に浮かんだ言葉を音に、声に出す。

「雨だ」

「なんだい？　啓順《ケイジュン》、しっかりおし！」

「先日の、長雨。人工的に造られた川が、氾濫した。それで、幼い子が、流された。孫を救おうとした祖父が川に飛び込んで、孫は救われた。だけど、祖父は」

昔からあった春日川を埋め立てたくせに、一部の人々は抗議した。かつての景観が損なわれた。川を元に戻せと。

だから新たに川を作った。元の春日川の存在をなかったことにして。

地霊春日は嘆《なげ》いた。大地が育《はぐく》んだ川の癒しの力を失った春日は、それでも大地を守った。

だけど、造られた川が溢れた。

命の灯《ともしび》をひとつ、失った。

――あの川さえなければ。


人の強い願いが、春日を壊した。


「地霊春日は泣いている。それでも、それでもって言っている」

頭の中というか、心の中にぶつかってくる、春日の強い思い。

その思いをひいこは受け止めようとしている。だから身体が汚《けが》れに蝕《むしば》まれているんだ。

ひいこの身体にある青い文様は、刺青じゃない。強い思いが影に堕ちた、邪悪な汚れ。

ひいこも辛いんだ。春日の切なる願いを受け止めて、癒そうとしている。

「お願いします、ひいこさん。春日《ハルヒ》は、春日は、言っているんだ。叫んでいる。ずっと、ずっと」

僕は何かに魅《ひ》かれるようにゆっくりと立ち上がると、黒い歪みに向かって膝をついた。

両手を組んで額に当て、願う。

「ごめんなさいって言ってる」

助けられなかった。

ごめんなさい。

力が弱くなったせいで。

ごめんなさい。

地霊春日はずっと叫んでいたんだ。

力を失う原因を作った人間を、助けられなかったと。

ひいこは何かに乞《こ》うように膝をつく僕を眺め、顔半分を汚れに染めて。

それでも美しく微笑んだ。

「春日！　いいかげんに言うことを聞きなさい！」

黒い歪みはひいこの怒声に応えるかのように、その形をぐにゃぐにゃと変化させていく。何かに怯《おび》えたまま、不安なまま彷徨《さまよ》っている。

——姫巫女よ、これはよくない傾向だ。

「ええ。失った魂はよほど慕われていたようね。強い憎しみを感じるわ。水神、囚われないように守って」

——やれやれ。神使いの荒いことで。

水神が天を仰ぎ、顔をしかめた。手にしていた薙刀を構えると、光り輝く透明の膜《まく》が空間を覆う。それは、ひいこや僕を守るように取り巻いていた。

「おっと。気の弱いヤツがぶちキレると、ここまでの力を出しやがるのか」

トラさんは僕の膝の上でゆっくりと立ち上がると、尻尾を揺らめかせながらのんびり欠伸。

黒い歪みはさらに大きくなり、中からとても嫌な何かが溢れそうになっていた。

「うぐっ……おえっ……」

その嫌な何かを見たような気がした僕は、内臓がひっくり返るほどの吐き気に襲われる。

両手で口を押さえて戻しそうになるのを必死に堪《こら》えていると、辰治が僕の背中をさすってくれた。

「ほらほら、気をやるんじゃない。水神の結界がアンタを守っているから、そっちには行かせないよ。アイツらは肉を失った亡者《もうじゃ》だ。今生に未練を遺した彷徨う魂。少しでも許しを与えると、あっという間に取られちまう」

「もう……じゃ？　あの、歪みの向こうは、地獄、なの？」

「地獄という言い方は人が定めたものさ。違うよ、そうじゃない。悪いものだけが集まるごみ溜めのようなところだよ。どちらにせよ、あそこから出てきたのはよくないものだ。啓順《ケイジュン》、アンタの肉体を欲しがっているのさ」

うえええ。

気持ち悪いし、怖いし、吐きそうだし、熱い。嫌なものは僕の身体を狙っていて、僕を殺そうとしている。

亡者に身体を奪われたらどうなるかなんて、考えただけでも恐ろしい。ホラー映画みたいに身体の関節があらぬ方向に曲がって、とんでもない姿で階段を下りるのだろうか。

「辰治、いやだよこれ、気持ちが悪い」

「おやおや、ツマ子に比べてアンタはずいぶんと繊細なんだね。ゆっくりと息を吐き出しな。大丈夫、守護神がいるんだ。アンタはそっちには行けない」

「だけど、嫌だ。怖い」

何が怖くて何が大丈夫なのかわからないまま、僕は吐き気と戦い続ける。

耳の傍で何かがずっと囁《ささや》いている。だけど、何を囁いているのか聞こうとすると、さらなる吐き気に襲われる。これはきっと、聞いてはいけない、意識を向けてはいけないものなんだ。

辰治は僕の背中を両手でさすりながら優しく言った。温かな肉球が心地よく感じる。

「恐ろしいものは恐ろしいものと認めるんだよ。己《おのれ》を偽《いつわ》らずに、だけど負けちゃいけない」

怖がってもいいけど、負けてはいけない。

「怖いけど、逃げるなってこと？」

「ああ、そうだぜ。誰しも恐れっつぅもんがあるだろう？　それを忘れるな。恐れがあるからこそ、人は足掻《あが》くことができるんだ」

トラさんは、ばあちゃんが言うような言葉で僕を諭すと、僕の腹に顔をうずめてきた。

漫画のヒーローは、恐れてはいけない、勇気を持てと言っていた。僕は彼らのような強い心を持つことはできない。誰かのために自分を犠牲にする選択を良しとは思えない性格だ。

自己犠牲、なんて響きはいいけれど。

遺された人の悲しみを考えたことはあるのだろうか。

終わりよければ、全ては良いのだろうか。

ぎいいぃん、と。

再び水神の薙刀が虚空《こくう》を切り裂き、黒い歪みがぐにゃりと蠢く。

ひいこの肌を蝕む刺青は、彼女の顔面を覆いつくそうとしている。

そんな状況のなか、辰治はニッと牙を剥いて笑う。

「時には逃げることも必要さ。だけどそれは、今じゃない」

辰治が視線を移したその先で、強風の中でも凛とした姿のひいこが声を張る。

「水滴石穿《すいてきせきせん》、東より出でて西に抜けんっ！」

――応《おう》よ！

ひいこの力強い声とともに、水神の薙刀が歪みを斬りつけた。

そうだ。逃げることを考えるよりも、今まさに何かと戦い続けているひいこの身を案じるべきだ。

女性が立ち向かっているのに、僕はどうやって逃げ出そうかなんて考えていた。こんな考え、ばあちゃんに言わせれば切腹ものだ。冗談でも比喩《ひゆ》でもなく、本気で。

水神が薙刀を振るうたびに黒い歪みはゆらゆらと揺れ、次第に小さくなっていく。

強く足掻きながらも、苦しみながらも、必死になっているのがわかった。

どうして黒い歪みの気持ちなんてわかるんだろう。

助けを求める声と、許しを乞う声。そして。

「水波能売命神《みずはのめのかみ》、その名の下に癒しを与えて！」

まるでこれが最後だとばかりにひいこが叫んだ。

水神は待ってましたと妖艶《ようえん》に微笑み、薙刀を天に向けて構える。

地霊春日、大丈夫だよ。もう泣かなくていい。

あの刃は貴方を傷つけるものじゃない。そりゃ怖いかもしれないけれど、あの一閃《いっせん》は慈愛のかたまり。

薙刀の鋭い刃に水が湧き出てくると、その水は刃を覆って中空でぐるぐると回る。

「地霊春日、もう大丈夫」

無意識に呟いていた。

まるで誰かに言わされているような、心の奥底から漏れ出てしまったような。

僕の呟きに猫たちは嬉しそうに牙を剥いて笑うと、揃ってにゃんと鳴いた。


吹き荒れていた風が次第に弱まり、薄暗い景色がゆっくりと晴れる。

何もなかった空き地の中央に、小さな丸い石がぽつりと転がっていた。

全身から光を放つ水神が肩の力を抜いて息を吐き出すと、ひいこの身体がぐらりと傾いた。

「ひいこさん！」

膝に猫を乗せた状態の僕は身動きできず、ただ叫ぶだけ。トラさんもどいてくれない。

「トラさん、ひいこさんが！」

慌ててトラさんを僕の膝の上からどかそうとするけど、この猫はとんでもなく重たくて、すぐには動かせない。

「慌てなさんな。どうせオメェが行ったところでひいこを支えられねぇよ」

短い指を駆使して呑気に鼻くそをほじるトラさんは、絶対に動かないぞと僕の腹に頭を載せて座る。

ひいこの身体を支えたのは、水神だった。離れた場所にいたのに、一瞬のうちにひいこの傍に現れたのだ。大きな薙刀は光り輝いたまま、中空でふわふわ浮いていた。

逞《たくま》しい両腕でひいこを優しく抱きとめた水神は、不貞腐れた顔のままのひいこを横抱きにする。あれだ。お姫様抱っこ。生で見たの初めて。

——久しぶりに強い思いを受け止めたようだ。姫巫女は禊《みそぎ》をおろそかにしていたのだろう？

「ふん。寒くなってきたから、禊なんてやりたくないのよ。朝っぱらから冷水で身体を清めるなんて真似、誰がやるのよ。そんなの今時、はやらないわ」

――はやる、はやらないの問題ではないというのに。ふふふ、姫巫女らしい。

朝っぱらから冷水をかぶったら、僕なら死ぬだろうな。

そんなことを考えながら額の汗を腕で拭うと、水神が近づいてきた。

お姫様抱っこをされたままのひいこの顔を見ると、侵食していた汚《けが》れの刺青が薄くなって、今にも消えてしまいそうだった。

振袖姿のひいこはあれだけ激しく動き回っていたにもかかわらず、襟《えり》や裾の乱れは一切ない。みるみるうちに刺青は色を失い、美しい本来の肌の色を取り戻す。

「春日の臨界《りんかい》を間近で見て、よく意識を保てたわね。いくら水神の結界に守護されていても、普通なら飛ぶわよ、意識」

これは僕に言っているんだよな？

ひいこは尊大ながらも笑顔を僕に向けている。

「いや、何度か戻しそうに」

「ツマ子は盛大に戻していたわよ」

「えっ！」

このよくわからない超常現象を、ばあちゃんも経験したことがあるわけ？

辰治は僕の方が繊細だと言っていたけれど、ばあちゃんのほうが酷いじゃないか。

「あの子、本当に何も説明していないのね」

だから何度も言いました。なんの説明もされないまま、屋敷を訪れたのだと。

「まあいいわ。大海原の当主としたら及第点《きゅうだいてん》ね」

水神に視線だけで合図を送ったひいこは、ゆっくりと地面に降ろされる。

僕は怖くて、ただただ怯えていただけで、荒ぶる地霊を宥めたのはひいこと水神だった。

ひいこは神々を使役し、この国の大地と、大地を守る神を守護する唯一の人間。

それだけはわかった。教えてもらわなくても、知っていた。

なんと言えばいいのだろう。聞いたことがあるような、忘れていた記憶を突然思い出したような。

――大海原の当代当主よ。我は水波能売命神《みずはのめのかみ》。日麩本《ニフポン》の命の源、全ての水を司《つかさど》る神である。

ぼんやり、ぽっかりと口を開けたままの僕を尊大に見下ろして、水神は力強く言った。

言ったといっても、音で認識したわけではない。細胞にずっしんと直接響いてくるような、ちょっと怖い感覚だ。

「は。これはご丁寧にどうもどうも。ええと、僕は大海原啓順《たかゆき》と申します。みんなはケイジュンと呼びますが、タカユキです」

トラさんが膝の上から降りると、僕は立ち上がりつつ毛だらけになった膝を手で叩き、水神に向かって深々と頭を下げた。

水神は北嶺の身長よりも数十センチ高い。北嶺の身体のはずなんだけど、水神がオリタ？　からって、身長まで伸びるのだろうか。ちょっとうらやましい。

——ふふ。我に畏《おそ》れをなすどころか、しれりと挨拶なぞしおった。

「だって大海原だもの。アタシのお目付役よ？　ちょっとやそっとのことで、みっともなく慌てるわけないじゃない」

いやいや、ひいこさん。僕の内心はばっくばくだって。

目の前に得体の知れないコスプレイヤーが立っていて、自分は水の神様だって名乗っているんだよ？　みっともなく慌てたい気持ちもあるんだけど、空き地でのすさまじい攻防を見たばかりだからな。今さらっていうか。

水神は身をかがめ、僕の顔をじろじろと見分。イケメンが間近に来ると妙に緊張するな。

僕の友人たちは僕と似たようなインドア派で、ＳＮＳやらパーティーやらクラブやらと遊び慣れたリア充ではない。それに、こんなに派手な顔の知り合いは一人もいないから、免疫《めんえき》がないわけで。

――うむ。啓順《ケイジュン》とやら。以後見知りおくようにな。

「いや、僕の名前は啓順《たかゆき》……」

――魂に刻まれた名は左様《さよう》であるが……まあよい。そろそろこやつに身体を返すとしよう。

水神が再びどこからか薙刀を取り出すと、それを右手に構える。

ひいこも小さく頭を下げた。

「ありがとう、水神」

――こちらこそ。地霊を鎮《しず》めるは我の仕事。お安い御用さ、姫巫女。また再び会える日を。

「そんなにしょっちゅう会っていたら、北嶺が死ぬわよ」

――ふふふっ、はははは。それもそうだな。ははは!

水神はひいこと軽口を叩きあうと、大口を開けて笑った。

神様も爆笑することなんてあるんだ。畏れ多い神様かと思ったら、意外と人間くさいところもあるんだな、なんて呑気に見ていると。

ひとしきり笑った水神は、薙刀を天空に向けて思い切り放り投げた。

あれどうすんの!? 落ちたところに誰かがいたら即死だけど!

でもそんな心配は不要だった。薙刀は派手な恰好《かっこう》の水神とともに消え去り、目の前には元の似非マジシャン姿の北嶺が立っていた。

「犀波っ……きた、みね、ただいま……戻りまし……てふ」

「てふ? ちょっ! キタミネ?」

真っ青な顔をした北嶺は、額から汗を滝のように流し、そしてがくりと気を失った。

慌てて北嶺の身体を受け止めると、ずっしりとした重み。

全身で苦しそうに呼吸を繰り返すさまは、まるでたすきを渡し終えた駅伝のランナーだ。いや、実際に間近でランナーを見たことはないけれど、そんな感じ。とても辛そう。

北嶺の見た目よりがっしりとした身体を支えつつ、どうすればいいのかと傍で正座をするひいこに視線で助けを求める。

それに気づいたひいこは、頭を手でがしがしとかきむしると、今にも死にそうな北嶺を面倒そうに見下ろした。

「四大元素《しだいげんそ》の始祖《しそ》神を降ろしたのだから、つらいでしょうね。水神、すごく張り切って力を惜しげもなく使いまくったから」

「ええっ？　それじゃ、よくわからないけど、病院に連れて行ったほうがいいんじゃないですか」

「ただの過労って言われるだけよ。北嶺が大嫌いな注射をブチこまれて、入院するだけ。死ぬわけじゃないんだから、放っておいても家の人間が対処するでしょう」

ただの過労？　こんなに苦しそうなのに？

「ゆっ、ゆぎょうさま……きたみねは、やり、やりとげまひたは……ふふ、ふふふふふ」

あ、なんだか平気っぽい。

具合は悪そうだけれど、気持ち悪い笑みを浮かべてブイサインまでしているのだから、きっと大丈夫だろう。

いろいろなことが立て続けに起きて、僕の許容タンクはとっくに破裂している。

キャパオーバーどころじゃなくて、クラッシュした。

普通に、ごく普通に生きていたのに、ある日突然、喋る猫に遭遇した。

彼らは猫に見えるけど猫じゃなくて、口は悪いが絶世の美女であるひいこの守護神だという。

そのひいこが艶《あで》やかな振袖に着替えたかと思ったら、有名神社の派手なイケメン宮司に水の神様が降りてきた。

そして、地の神様を鎮めた。

あの黒い歪みに水神の水薙刀が一閃を引くと、地霊春日《ハルヒ》はあっという間に白く輝きだしたのだ。

神様の武具には悪いものを撥《は》ねのける力があるのか、真っ黒だった歪みは真っ白の綺麗な玉のようなものに変化した。

その玉が中空でふわふわと揺れると、空き地の中央に転がっていた石に吸い込まれていったわけで。

先生、教えてください！

……って叫びたい。だけど、何も聞けない雰囲気があった。

わからないことを教えてくれると言っていたのに、結局わからないことが増えただけだ。

しばらく路上に座っていたひいこは、ゆっくりと立ち上がり、袖を縛っていたたすきをほどく。

それと同時に、溢れる音。

遠くに聞こえる高速道路を走る車の音。はるか上空を飛ぶヘリコプターの音。子供の叫び声、赤ん坊の泣き声、誰かの笑い声。

今まで忘れていた日常の音が、一気に戻ってきた。

「帰ってきた……」

つい、そう呟いていた。

どこかに行っていたわけではないのに。

ここに、帰ってきたと。

僕の呟きを聞き逃さなかったひいこは、初めて満足そうに微笑んでくれた。

そんなひいこの笑顔を見ていると、彼女の後ろに人影が見えた。

暖かな光をまとったその少女が小さく言った。

ありがとう、と。

+++

幼いころ。

まだ両親と共に暮らしていたころ。

父さんは大きくて逞しくて、いつも笑っている人だった。母さんは美人で料理上手で、怒ったらとても怖いけど、優しい人で。

周りからおしどり夫婦だね、なんて言われて、初めておしどり夫婦の言葉の意味を知った。

自慢の両親であり、学校の授業参観の日がすごく楽しかったのを覚えている。

とても幸せな家族だったと思う。

だけど、いつからか父さんと祖母が口論をするようになった。僕のいない時を見計らっているんだろうが、衝動的に訪れる怒りを抑えるなんて、大海原の人間にはできない。

父さんも祖母も自分を曲げないものだから、互いに譲らず何日も何週間も口をきかないことがざらになった。母さんは父さんの理解者であり、常に父さんの気持ちになって物事を考えてくれる人だった。

そして、澄み渡った五月晴れのあの日。

父さんは僕に言った。外国に行こう、と。

僕は大学を卒業する間近で、卒業後は何をしようか迷っている最中だった。

わくわくしながら荷造りをしている母さんは、あちらの国では何が美味しいのかしらね、なんて、すでに決定事項として未来を見ていた。

父さんと母さんはいいよ。どの国に行っても絶対に馴染める。二人とも社交的だし、努力家だ。数か月もすればその国に慣れて、まるで数年過ごしているかのような空気すら出せるだろう。

だけど、そうなると祖母は？

短気で礼儀と礼節に厳しい祖母は、この国で独りきり。謎のボディーガードや頼りになる弁護士先生は傍にいるものの、家族と呼べるほど親密なわけではない。

大好きな祖母、とは言えないけれど。

独りはきっと寂しいはずだ。

僕は大学卒業間近という大義名分でもって、日麩本国《ニフポン》に留まることにした。

両親は猛烈に反対した。父さんは怒るし母さんは泣くし、理不尽なことばかり言われて僕のほうこそ泣きたくなった。

だけど、「ばあちゃんが独りになる」と父さんに言ったら。

父さんは今にも泣きそうな顔をして諦めてくれた。

きっと、父さんだって祖母のことが心配だったはずだ。

まるで祖母と口論をしたくないから外国に行ってしまうみたいだったけど、あと数年経てば互いに歩み寄れるかもしれない。一応、大人なんだし。

見送るために空港まで同行したとき、父さんは僕に言葉をかけた。

何を言っていたのか、なぜか思い出せない。思い出そうとすると、そこだけ黒く塗りつぶされたようになる。

きっと風邪ひいたら暖かくして寝ろとか、夜道の一人歩きは男でも危険だとか、そういう注意喚起だったはず。たまにインターネット回線を使ったテレビ電話をするけれど、これといって特別なことは何も言われないし。

でも、今になってとても気になってきた。

父さんは、あのとき何を言ったのだろう。


「……どうして」


気になるのか。

呟くのと同時に覚醒する思考。開けた視界。見慣れない天井。

数回瞬きをして、強く目を閉じて、再度ゆっくりと開く。同じ景色だ。

薄暗い室内ということは、今は夕方。

僕はどうしてここにいるんだろう。しかも、横になっている。

背中に感じる布団はベッドじゃない。和室の敷布団だ。少しだけ硬い気がする。枕も硬い。これ小豆《あずき》枕？

「ぷすう……」

おまけに、身体の周りにみっしりと猫がいる。一番重たいだろうトラさんが僕の鳩尾《みぞおち》の上に陣取り、大の字になって熟睡していた。両肩、両腕、股《また》の間にも猫。

猫は大好きだが、こんなにも引っ付いて眠られると少々暑い。いや、嬉しくはあるんだけども。

「ぷすっ……ぷす……んごっ」

寝息がうるさいトラさんは、器用に尻をぼりぼりとかいて寝返りを打った。重い。

今までのことが夢だった、なんて都合のいいことは言わない。この重みは夢じゃないし、肌に感じる猫たちの体温や呼吸も現実だ。

ここはどこだろう。トラさんたちがいるということは、雑草だらけの屋敷なのだろうか。

地霊春日《ハルヒ》を鎮めた後、路上に倒れたままの北嶺をどうしようかと考えていると、黒塗りの高級車が近くに停車した。

あの車は僕たちが乗ってきた車とは違うなと思っていたら、数人の黒服が登場。日も暮れかかっているのに、なぜサングラスかなあと訝《いぶか》しんでいると、その怪しげな黒服集団は北嶺を米俵のように抱え上げ、車の中に入れてしまった。

これって拉致《らち》？　放置しててていいの？　と、ひいこに問おうと見たらば、彼女は空き地の中央に転がっている石を指さして、黒服たちに何かを指示していた。

黒服たちはひいこの知り合いなのかとほっとしているうちに、北嶺を乗せた高級車はさっさと出発。

あれ、僕たちはどうやって帰るのだろうと思っていたら、続いて別の高級車が登場した。しかもまた、乗ってきた車じゃない。

高級車って、あるところにはぼこぼこあるんだなあと感心していると、またもや別の黒服連中が現れた。さっきの北嶺が乗せられた高級車から降りてきた黒服サングラスとそっくりだ。いや、黒服にサングラスをしていて髪型が同じなら、誰が誰だか見わけなんてつかないんだけど、それでもそっくりすぎて恐ろしい。実はテレビ番組に出てくるあのハンター？　クローン？

そんな黒服たちに手を貸され、思いのほか丁寧に車へと誘導された。トラさんと辰治も黙ってついてくるから少し安心。

ひいこは数人の黒服たちに囲まれたまま、空き地の中央に座り込んで両手を合わせていた。

僕は、そのまま車に乗せられて帰宅——するのかと思ったら、あの猫じゃらしだらけの屋敷へ。

なるほど、思い出せた。

僕は車に揺られながら意識を失ってしまったんだ。

屋敷の門扉と凪にそよぐ猫じゃらしをうっすら覚えている。誰かが部屋まで運んでくれたのかな。申し訳ないことをした。

「起きたのかい？」

廊下に面した障子がすらりと開き、ロシアンブルーのスリムな猫が入ってきた。

「辰治さん」

やはり夢ではなかったと、少しだけほっとしてしまった自分に驚く。

あんな非現実的なことが次から次へと襲ってきたというのに、どこか楽しんでいた自分もいたんだ。猫に好かれる、っていうのはやっぱり嬉しかったし。

「ああ、だらしなく寝て。守護神が呆れるよ、これじゃあ」

溜め息を吐いてトラさんたちに言うけど、辰治は穏やかに微笑んでいた。

「初めて神気を浴びたにしてはお早い目覚めだ。さすがは大海原の血縁、ってところかね」

「しんき……水神様の力みたいなものかな」

「ふふふ。ああ、そのようなものだよ。理解が早い子は好きさ」

辰治は寝たままの僕の頭を柔らかい肉球で撫でる。猫に頭を撫でられるだなんて、貴重な経験をさせてもらった。

起き上がりたいんだが、なにせ一番の重量級が胸の上にいるのだ。気持ちよさそうに熟睡しているところを起こすのも可哀想だし。

今は何時ごろだろう。そういえば夕飯を作らないといけないんだった。

「辰治さん、夕飯は?」

「うん? アンタがへばったからね。仕方がないことさ。気にしなくていい」

「ひいこさん、怒ってる?」

「ふはは、怒ったところであの子は料理ができないんだよ。覚えろって言っても必要ないの一点張り。妙なところで頑ななんだから」

カップラーメンは料理って言わないんだけど。お湯も沸かせないのかな。最新のポットがあったのに。

「まだ眠たいだろう？　神気にあてられて意識を失わなかっただけでも上々。アンタは歴代の大海原の中でも少し変わっちゃいるけどね」

辰治が僕の額を撫でるたび、とてつもない睡魔に襲われる。

「いついつまでも……あの子の傍にいてほしい。そんなことを願うのは間違っちゃいるんだけど、それでも……」

柔らかな肉球の感触と、猫たちの寝息。

温かい毛に囲まれた僕は、誘われるように眠った。

＋＋＋

翌日——

「……エッ」

「寝とぼけた顔をしているんじゃない！　この私が直々《じきじき》に訪ねてきてやったというのだから、とっとと起きろ！」

僕の安眠を妨げたのは、ブレザーを着た高校生だった。

都心でも有名な進学校の制服で、デザイナーズブランド。一着数十万円もする高価な学生服だと聞いて、保護者は大変だなあ、なんて思った記憶がある。

安眠を貪っていたというのに、布団をはぎ取って大声で怒鳴られた。

今は何時？　いやいやいや、まだこれ明け方じゃない？　廊下に面した障子が開け放たれていて、空がうっすらと白《しら》んでいるのがわかる。たぶん朝の五時とか。

「……きた、みね？」

「犀波北嶺だ。なんだ、その顔は」

いや、呆けたくもなるって。

僕より年上か、もしくは同年代だと思っていた男が、高校の制服を着ている。コスプレじゃなければ、高校生。まさかの高校生。僕より五歳は年下ってこと？

北嶺は不愉快そうに綺麗な顔を歪めると、取り上げた布団を僕に投げつけた。

「うわぶ！」

「さあ、起きろぽっちゃり！　この私が目を覚まさせてやったんだ！」

目覚ましにしては随分と乱暴だな。

もそもそと起き上がり、布団をのろのろと畳《たた》む。

そういえばトラさんたちの姿が見えない。せっかく猫布団だったのにな。

北嶺は遠慮を銀河の果てに蹴り飛ばし、隣の部屋へと続く襖を開け放った。

そこにはトラさんたち猫数匹がたむろっていて、北嶺の登場に毛をファッと膨らませ散開。

北嶺は部屋の端に置かれた紙袋を手にすると、それをずいっと差し出した。

「えーと？」

「禊を済ませたらこれに着替えろ。出かけるぞ」

「みそぎ？」

「……風呂に入って身を清めろ」

そういえば昨夜は風呂に入らなかったなと思い出し、慌てて自分の匂いを確認する。臭くは、ない。

渡された紙袋の中身を覗いてみると、ビニール袋に入った紺色ジャージだった。タグがついたままということは、わざわざ用意してくれたのだろうか。

北嶺はむすっとした顔で部屋を出て行ってしまった。寝起きで頭がぼんやりしていたせいで、お礼を言うのを忘れた。

「おおうい、啓《ケイ》の字よ。腹ぁ減っちまったから、なんかこさえてくれや」

隣の部屋からトラさんが腹を畳に引きずり、のそのそとやってきた。

「おはよう、トラさん」

「おうよ。あの野郎、こんな朝早くに来やがって」

布団を片付ける僕を眺めながら、トラさんはお座りをして両手を伸ばす。抱っこ待ちだ。

シーツと枕カバーは洗濯させてもらうとして、布団は押し入れを開けて収納。

手を伸ばしたままのトラさんをよっこらせと抱き上げ、隣の部屋へと移動すると、あっという間に猫たちが近寄ってくる。

「おはよう啓《ケイ》さん」

「おはよう。よく眠れた？」

「啓順《ケイジュン》、啓順、お腹すいたの。ぼくラーメンが食べたい」

「おはよう啓順！　おらは卵を煮たやつさ食いてぇ！」

猫たちは僕の足にまとわりつき、それぞれ挨拶をしてくれた。朝からなんていうご褒美でしょう。

「おはよう、みんな。よく眠れたよ、ジェシカリンダ。小松はズボンに爪を立てないで。如雨露、朝からラーメンは駄目だよ。石井、煮卵は時間がかかるからまた今度」

しゃがんでそれぞれに挨拶をしつつ、背中を撫でさせてもらう。猫たちはとたんに喉をごろごろと鳴らし、気持ちよさそうに目を細めた。

「ひいこさんはどちらかな。僕、昨日は挨拶もしないで泊めてもらっただろう？　お礼をしないと」

トラさんを抱いたまま立ち上がり、ひいこを探しに移動しようとすると。

「あら。起きたの」

廊下の先から桃色の襦袢《じゅばん》姿のひいこが現れた。

いや、襦袢って下着だから！

慌てて回れ右をして視線を逸らすと、トラさんがケタケタと笑った。

ひいこは我関せずといった様子で、庭へと続く窓を開け放つ。

「こらひーこ、そんな恰好でウロウロするんじゃあないよ」

「肌は出していないんだからいいじゃない。どうせ出かける用意をするんだし」

「そういう問題じゃないだろう」

辰治が呆れかえって肩を落とす。

ひいこも北嶺も出かけると言う。もちろん、どこに行くのか説明はしてくれない。

「そんなことより啓順《ケイジュン》、あたしはカップに入ったラーメンが食べたいわ。ねえ知っている？　世間ではカップに入ったうどんもあるのよ！」

カップ焼きそばもスパゲティもスープもあります。

「ひいこさん、朝からカップラーメンは駄目です。しかも、こんな早朝に」

「なんでよ。アンタが昨日へばったせいで、夜はラーメンが食べられなかったのよ」

それは申し訳ないことをしたけれど、カップラーメンなんてお湯を注ぐだけなのに。

でも作り方を教えたら、三食カップラーメンしか食べないような気がする。それはとても健康によろしくない。僕のせいでひいこさんの綺麗な肌がブツブツだらけになってしまったら、きっと祖母は木刀を持って僕を追いかけまわすだろう。

「えーと、ひいこさん、トラさんたち。ラーメンっていうのは、昼か夜のほうが美味しく食べられるんです。朝は胃に優しいものを食べて、昼までたくさん動き回りましょう。そうすればお腹がすいて、よりいっそう美味しいラーメンが食べられるんですよ」

間違ったことは言っていない。朝から味の濃いものを食べると、胃に負担がかかる。これは祖母に口うるさく言われていたこと。

そんなのどうだっていいと怒鳴られることを覚悟していたが、ひいこは素直に受け入れたようだ。

「昼や夜のほうが美味しく食べられるのね？」

「朝は野菜と、魚と、白米と味噌汁ですかね。それともパンですか？」

「パン！　あたし、チーズが載ったパンが食べたいわ！　あつあつの！」

背を向けて話をしていたというのに、ひいこはわざわざ僕の前に来て喜んだ。いや、だから、襦袢って下着なんですよ。

「それじゃあ目玉焼きとパンとサラダですかね！　スープはパックに入ったやつを温めましょう！」

冷蔵庫の中に入っていたものでメニューを考えると、足元にいた猫たちが飛び跳ねて喜んだ。

「やったあ！　パンにはバターを載せてね！」

「おいらも、おいらもパン！」

猫ってパンを食べてもいいのだろうか、という考えは霧散した。

彼らは猫じゃない。

神様なのだから。

+++

車は高速に乗り、快調に進む。

運転席にはサングラスにスーツの男。助手席にもそっくりな姿の男。後部座席にはジャージ姿の僕と、学生服の北嶺と、藤色の訪問着を纏ったひいこが座っている。なにこのメンツ。

ふかふかな革張りのシートは長時間座っていても疲れることがなく、快適なドライブだと言えた。

ひいこの愚痴さえなければ、だけど。

「こんな朝早くに起こすってどういうつもりよ。邪を払った地霊石は、社を立てて祀ればいいだけの話じゃない。それなのにわざわざ大祓いをするなんて。水鳴神社ってよっぽど暇なのね」

ひいこはぶすくれたまま延々と愚痴を言っている。飽きることなく。

どうやら今朝の外出はひいこにとっても寝耳に水の話であり、面倒だと思っていることをわざわざやらなければならないらしい。

チレイセキのオオハライをする、ということは、何かの儀式をするために移動しているのだろうか。

「遊行様、この昨今、社を建立するとなると、様々な許可が必要となります」

ひいこの真向かいに座る北嶺は、爽やかな笑顔でひいこを宥めていた。僕の前とひいこの前とでは、顔も態度も変わるんだな、こいつ。

ちゃっかり朝ご飯を一緒に食べた北嶺は、僕の料理の腕前をしぶしぶ褒めてくれた。僕は、庶民にしてはいい腕を持っているらしいです。でも、一般的な庶民は、もっと素晴らしい腕をお持ちですよ。

「社は道路の端っこでいいのよ。立派なのじゃなくて、小屋でじゅうぶん。ネズミが入れるくらいの」

「それですと、地霊様の御霊《みたま》を休めるには不十分かと……」

「本来はそのくらいでいいのよ。名を記した碑《ひ》でもいいわ」

「碑を置くにも許可が」

「ああもう！　いちいちいちいち許可許可って、面倒くさいわね！」

二人が話していることは、僕にはさっぱりわからない。窓の外を眺めながらトラさんの顎肉を指でつまみ、その感触を大いに楽しむ。

ひいこは相変わらず短気なようだ。早起きさせられたのが苛立《いらだ》ちの原因なのだろう。予定になかった外出も気に入らないのだと思う。朝ラーメンを食べられなかったことも少々原因になっているかもしれないが、バターとチーズにマヨネーズをトッピングしたトーストは気に入ってくれた。

もしかして、この外出はやむを得ないことであって、北嶺の本意ではなかったのだろうか。彼だって、あえてひいこを怒らせるようなことはしないはずだ。それだったらひいこの怒りを受けている北嶺が少し気の毒になってきた。彼はあれでも高校生だし。

「ひいこさん、ひいこさん、これからどこに行くんですか？」

「ああっ？」

怖い。

美人、睨むとヒョンとする。

苛立ちがピークだったのか、ひいこはぎろりと僕を睨みつけた。

「チレイセキのオオハライをしに行くんですよね？　高速道路、しかも地上車専用レーンで行くっていうことは、神奈川《ジンナセン》か山梨《サンリ》ですか？」

目的がどこなのかはわからないけど、この高速道路は南に向かう道だ。

飛行車《エアカー》のレーンは長距離専用だから、東京近郊には降りられない。それに、泊まりになるとは言われなかったから比較的近距離のはず。

「アンタ、意味がわかっていないくせに言っているわね」

そりゃそうですよ。何も教えてくれないじゃないか。

曖昧《あいまい》に笑って誤魔化すと、ひいこは不貞腐れたまま息を吐き出した。

「はあ。昨日宥めた春日《ハルヒ》がいるでしょう？　地霊としての力が弱くなったから、取り戻せるように祓うの」

「ハラウ？　何を支払うんですか？」

地霊の力を取り戻すために支払う対価って、現金？　曲がりなりにも地霊は神様なんだし、人間世界の金銭でいいのだろうか。まさか神様専用のお金があるのかな。大判小判？

心底鬱陶しそうに顔を歪めたひいこは、膝にかけていた柔らかな毛布を肩まで引き上げた。

「……北嶺、あたし寝るわ」

「はいっ？」

座席をリクライニングさせ完全に眠る体勢を取ってしまったひいこに、北嶺は慌てた。

「遊行様！　そんなっ、せっかくの旅ですのに！　もっとこう、交流を深めると言いますか、狭い個室内で接近した男女が深い仲になるには互いの趣味などを理解しあって、へぶっ！」

「うるっさい！」

眠ろうとしている人の邪魔は、するものじゃない。ひいこは北嶺の額に拳を突き出すと、それが見事にヒット。北嶺は狭い空間で額を両手で押さえて悶えた。あれは痛い。

毛布を頭からかぶってしまったひいこは、これ以上何も聞くな、聞いたらブチ殺すぞというオーラを放ちながら、静かになった。

ひいこを起こさないよう、僕はただただ沈黙を守った。これは精神的に疲れる。

北嶺に質問をしても良かったんだけど、彼は毛布の隙間から覗くひいこの寝顔をガン見していた。

僕の膝に陣取るトラさんは熟睡したままだし、辰治も車の揺れなんか気にしないで眠っている。猫が寝ている姿を見ると、なんとなく僕も眠くなってくるわけで。

車の振動というのは、どうしてこうも心地が好いのだろう。

僕は三半規管が強いらしく、車酔いを経験したことがない。車の運転は得意ではないけれど、乗るのは好きだ。特に長距離移動。

窓の外を流れる景色を眺めながら、目的地へと思いを馳せる時間が楽しい。いや、今回はその目的地がどこなのかわからないけど。

気がつけば北嶺も穏やかな顔……大口をぱっかり開けて熟睡していた。

それじゃあ僕もひと眠りしようかなと瞼《まぶた》を閉じると、車は高速の出口へ向かったようだ。

休憩を挟むことなく走り続け、かれこれ二時間経つ。ふと目を開けると、景色は都会のビル群から自然豊かな山へと変わっていた。

都心部から山道に入った車はぐねぐねとしたカーブをいくつも登り、鬱蒼《うっそう》とした木々が空を覆う山の奥へ入った。

「ずいぶん登ってきたな……」

時々耳がキンと鳴るのは、気圧の変化によるものだ。唾を飲みこみながら深い森を眺めつつ、窓を少しだけ開ける。

すっとした風が車内に吹き込み、青い草の香りが鼻をくすぐった。山の中特有の匂いを嗅ぐと、マイナスイオンを意識してしまう。マイナスイオンがどういうものなのかよくわからないけど、身体に良いものだということは何となく聞いたことがある。

「うん、相変わらずいい風だわ」

いつの間にか目を覚ましていたひいこが、同じく窓を少しだけ開けて流れ込む風を楽しんでいた。大口開けて寝ていた北嶺は、相変わらずその顔のまま眠っている。

「啓順《ケイジュン》」

ふと、ひいこが僕の名を呼んだ。いや、ケイジュンじゃないんだけども。

「アンタにはわけがわからないことかもしれない。でも、これがあたしの現実。夢だとか嘘だとか思うのはアンタの勝手だけど、あたし達を否定するのは許さないわよ」

否定なんて。

しないとは言えなかった。

だって、あまりにも非現実的なことが次から次へと襲ってきて、それでいて説明は一切なし。

人間って納得ができないと、いつまでも気になって気になって、そのうちムカムカしてくるものだ。そのムカつきを解消するためには、全てなかったことにする。そうやって、自分の心を守る。

ひいこの言葉は残酷だ。僕に否定すらさせてくれない。

「ふん、ひでぇな」

トラさんの小さな呟きは、風の音に消えた。

車が停まったのは、山奥の小さな神社の前。

車一台がやっと停車できる狭い道路から、細い獣道のようなものが竹林の中に続いていた。その先に朱色の鳥居が何本も立ち並ぶ、とても雰囲気のある神社だ。

いいや、雰囲気があるっていうのは良い言い方をしただけ。実はちょっと怖い。少し前にやったホラーゲームを思い出してしまって、今が夜じゃなくて心底良かったと思っている。

「ここはなんていう神社なの？」

肩に辰治を乗せ、トラさんを胸に抱いた状態で一礼をしてから鳥居をくぐる。中央は神様が通る道だから、端を歩きなさいと祖母が教えてくれた。

見ればひいこも北嶺も端を歩いている。

「ここに名前はないぜ。人がつけた名前はな」

柔らかな風がトラさんのヒゲを撫でると、トラさんは心地よさそうに目を細める。

「オオハライっていうのは、ここでやるの？」

「おっ？　わかってんじゃねぇか。この場所はな、人の手があまり入ってねぇから、地霊が汚《けが》れにくいんだ」

「この場所にも地霊様がいるの？」

「日麸本国《ニフボン》のどこにだって地霊がいるぜ。それぞれの領域を守ってんだ。ここは志那都比古神《しなつひこのかみ》の聖域だ」

「シナツ……？」

「あー……、風神って言やあわかるか？」

「フウジン……フウ……風神？　風神、雷神の、あの風神様？　大きな袋を持った、でっぷり腹の？」

教科書か図鑑で見たような。

「……それ、本人には絶対に言うなよ」

「え？」

数えきれないほどの鳥居をくぐり、竹林の奥へと進む。都会の喧騒が一切ない、自然の音だけが聞こえる隔絶された空間。

たどり着いた開けた場所は、こぢんまりとしている。手水舎《ちょうずや》も神楽殿《かぐらでん》もない、拝殿と本殿のみの神社だ。

北嶺は都内でも一、二を争うほどの大社である水鳴神社の宮司。全国に六百以上ある水鳴神社の総本山だ。年間五百万人が訪れる世界文化遺産でもある。

あそこの派手で立派な本宮に比べたら、このお社はなんていうか……綺麗だけど、忘れ去られたような感じがする。参拝客が一人もいない。僕たちだけ。

でも。

「なんだか、涼しい」

「おうよ。気持ちいいだろ。ここの空気は日麩本国《ニフポン》の中でも特に澄んでいるんだ。地霊石を祓うには、こういった邪念が混じっていない場所が必要なんだぜ」

トラさんは牙を剥いて笑った。

チレイセキっていうのは、もしかして昨日空き地に転がっていた丸い石のことだろうか。

地霊春日《ハルヒ》を宥めたあと、黒スーツの人たちにひいこが何か指示をしていて、丸い石を回収していたようにも見えた。

あれが地霊石だとしたら、あの石に何かをするためにここへ来たということかな。

先頭を歩くひいこに北嶺が続き、そのあとを僕が歩く。そろそろ猫たちが重い。

白い玉砂利が敷かれた参道の向こう、拝殿の入り口に、巫女装束の小柄な女性が立っていた。

「祇音《しおん》、また世話になるわ」

ひいこが声をかけると、女性はふわりと微笑んで深々と頭を下げた。

「ようこそおいでくださいました、姫巫女様、犀波様」

黒い髪を後ろで一つに纏めた巫女装束の女性は、挨拶を終えると僕に視線を向ける。

彼女もまた、はっとするほどの美形だ。

「あら。お客様ですの？」

「あ、はじめまして。僕は大海原啓順《たかゆき》です」

軽く会釈をして名乗ると、女性が何かに気づいたような顔をし、そしてまた微笑んだ。

「これはご丁寧にありがとうございます。わたくし志那都比古神《しなつひこのかみ》様の御神代を務めさせていただいております、辻宮《つじみや》祇音と申します」

「オミシロ……っていうことは、北嶺と同じですか？」

この女性、辻宮祇音もまた、神様をその身に降ろすのだろうか。しかも、風神。

風神と言えばとても荒々しいイメージがあるんだけど、目の前の華奢な女性からはとても想像ができない。でっぷり腹の風神像とは正反対じゃないか。

祇音は僕の質問にキョトリと目を丸くすると、即座にコロコロと笑った。

「水鳴の坊主と同じ、と思われたくはありませんわ。おほほ」

心底楽しそうに笑ってはいるけど、目はマジだ。なんだろう、不思議と寒気がする。

「それじゃあ、風神様の御神代様ということですか？」

「うふふ、左様でございますわ」

なるほど。腹でっぷりなんて言ったらゲンコツで殴られそうだ。

誇らしげに微笑む祇音は北嶺に視線を移すと、途端に厳しい目つきに変わる。

「相変わらず薄っぺらな霊力のままで伸びがありませんこと。水神様がお気の毒ですわ」

袖で口元を隠しながら嫌味たっぷりに祇音が言うと、ひいこを眺めながら微笑んでいた北嶺が真顔になった。

「ははっ、薄っぺらとは己を棚に上げてよく言う。風神様がお好みになられる風は、あなたには纏えないようだな」

「なんですって」

「耳まで耄碌《もうろく》したか」

うん。

何を言っているのかは理解できないけど、相手にとってカチンとすることを言い合ったんだろうな、ということはわかる。どこかで試合開始のゴングが鳴り響いた。

「チャラチャラチャラチャラした神社の宮司は修業がなってないっていうのよ！　なによ、あのミニスカ巫女のキャラクター！　あんなパヤパヤしたお守りにどんなご利益があるんだか、わかったもんじゃないわね！」

「当社の一押しキャラクターの巫女ちゃんは、叔父《おじ》が勝手に作ったんだ！　若者に超人気なんだぞ！」

「神に仕える女性を冒涜《ぼうとく》しているわ！　ボインボインの巫女なんて夢にすぎないのよ！」

「探せばいるかもしれないだろうが！　夢を壊すな！」

「しょせんアンタの夢なんて霊力と一緒で薄っぺらいのよ！」

「水神様を侮辱《ぶじょく》するのか！」

「アンタを侮辱してんのよ！」

ええと。

どうしよう。

綺麗で礼儀正しくて品の良い巫女さんだな、というイメージは木っ端微塵《こっぱみじん》になった。北嶺も若者らしい言葉遣いで、子供のような口論を続けている。

トラさんと辰治は、つまらなそうに大欠伸。

ひいこにいたっては、さっさと歩きだしてしまった。

「えっ、ちょ、ひいこさん、いいんですか？　放っておいて」

本殿へ足早に向かうひいこに、小走りでついて行く。

「あれがあいつらの挨拶なのよ。今日は大海原の当代当主が来るってことで、祇音も気合を入れたんじゃない？　いつもはしていない化粧をしていたし」

何でもないことのようにひいこは言うが、怒鳴り合いは本殿に入っても聞こえてくる。抱っこしたままのトラさんと肩に居座る辰治は、目をつぶって穏やかな風を気持ち良さそうに浴びていた。完全に他人事。

あれかな。喧嘩するほど仲がいいっていうからな。

人里離れた山の中にある神社だというのに、廃《すた》れた雰囲気はない。柱や梁《はり》には歴史を感じさせる劣化があるけれど、掃除は行き届いているようだ。

こんな広い敷地、あの小柄な女性が独りで管理しているのかな。いや、さすがにそれは無理か。

「ここから先は神域。アンタはまだ入らないほうがいいわ」

本殿の最奥に続く扉の前で、ひいこは振り向いてそう言った。いつの間にか右手に丸い石を持っている。

「その石……地霊春日《ハルヒ》の石ですよね。それをハラウんですか？」

ハラウの意味はわからないけれど、こんな綺麗な場所で何かをするんだ。悪いことじゃないのはわかる。

ひいこは心底面倒くさそうに息を吐き出すと、扉に手のひらを置いた。

「人の願いを受けた地霊石は、汚《けが》れるのよ。汚れると本来の力を発揮できないし、悪いものを引き寄せる。だから、神域で祓うの」

地霊石は地霊の魂そのものであり、いわゆるご神体みたいなもの。

本来ならそこらへんの空き地に転がっているものではないのだが、悪いものを引き寄せすぎるとただの石になり、果ては悪いものを生み出すようになってしまうという。

ひいこは僕にでもわかりやすく説明してくれた。出会ってから初めて丁寧な説明をしてくれたような気がする。それでも疑問は残るけど。

「寅次、辰治、行くわよ」

話を一方的に終わらせ、ひいこは手のひらに力を入れて扉を押す。扉がゆっくりと開くと、とても冷たい風が漏れ出てきた。まるで真冬に雪が降ったような、そんな風。

ひいこは扉の中にするりと入っていく。僕が入ってはならないと言われた扉の向こうには、屋根のある廊下が続いていた。裏の山に向かって真っすぐ伸びている。ただ、ものすごい濃霧で先が見えない。

「あーやれやれ。せっかくおいらの晴れ姿を見せてやれるってのにな」

「文句を言うんじゃないよ。今の啓順にこの中は毒さ」

トラさんと辰治はそれぞれ床に降り立つと、わけのわからないことを言いながら扉の中へと入っていった。

僕は窓の外に見える空が晴天であることを確認してから、再度閉まる寸前の扉の中を見た。濃霧。冷たい風。どうなっているんだ。

だった。

「汚《けが》れのない空気は冷たいのです」

扉が完全に閉まると同時に、背後から声が聞こえた。

「まだ神域に入るには耐性がないようですね、大海原の当代当主殿」

振り向くと、そこには巫女装束の女性。さっきまで北嶺と口論をしていた祇音

だった。

北嶺の姿が見えないようだが、どうしたんだろう。

「男手が必要なところもありますゆえ、そちらを手伝わせております」

祇音は微笑みながら言う。僕の考えていることがわかるかのように。

「ここは少し冷えます。あちらで茶でも淹れましょう」

腕に抱いていた重さと温もりがなくなると、とたんに肌寒さを感じる。車に乗ったままここまで来たから、この場所の標高とか考えていなかった。もしかしたら僕が思っている以上に高い場所にあるのかもしれない。

「それもありますが、ここは神域に近い聖なる処《ところ》。下界に比べて清浄な空気が流れております ゆえ」

「えっ」

「ふふふ。当代当主殿は考えていることが全て顔《かんばせ》に出ております」

また心の中を読まれたのだろうかと思ったら、祇音は僕の顔を読んだと。すごいな。

先導されるまま祇音の後について行くと、本殿から離れた場所に進む。巨大な松の木が天を隠すように根を張り、鮮やかな南天の木が生い茂るその先。ひっそりと佇《たたず》む東屋《あずまや》に案内された。

祇音の家になるのだろうか。平屋の古い家屋。祖母の屋敷に似ている。

「ささ、こちらから縁側へ。緑茶、抹茶、紅茶、何を飲まれます？　氷菓子よりも温かい菓子がよろしいですかね。ぜんざいか汁粉……餅はまだ残っていたかしら」

心なしか嬉しそうに庭へと回った祇音は、僕に手招きをする。縁側に行くと草履《ぞうり》をぽいぽいと脱ぎ散らかし、家の中へ。この庭から繋がる縁側の雰囲気は、ひいこたちの屋敷に似ている。

何だろう。

初めてきた場所なのに、とても懐かしい気がする。

ちょろちょろと動き回る祇音が用意してくれた座布団に腰をかけ、何か手伝おうかと声をかける。だけど祇音は「だいじょーぶっ！　です！」と大声を張り上げ、奥へと消えた。家主がああ言うのだから、あまりしゃしゃり出るものではないだろう。

鳥の鳴き声と木々が風に揺れる音。自然本来の音を聞いたのは久しぶりのような気がする。

そういえば昨日と今日、テレビを観ていない。仕事を辞めてからは起きてすぐにテレビをつけ、適当にカップラーメンを食べ、昼寝をして夜起きて、スマートフォンのゲームをやりながら明け方近くに寝ていた。

……こんな生活をしていたなんて、祖母にバレたら島流しにされるな。罪人のごとく。

暇さえあればスマートフォンを触っていたのに、今朝からずっと見てもいない。というか、どこにやったっけ。

なんだろう。この場所でそういったものに触れてはいけないような気がする。頬を撫でる風は冷たいのに、あまり寒いとは感じない。寒いというよりも、妙に落ち着くんだよな。

この神社、他に従業員はいないのかな。まさか祇音一人だけでこの敷地を管理しているとは思えないから、どこかに控えているのだろう。人の気配はないけど。

「ぎゃっ」

部屋の奥から小さな悲鳴と何かが割れる音がした。

これは様子を見に行くべきかなと腰を上げると、部屋の奥からお盆を手に祇音が現れた。お盆の上には調温ポットと、急須に湯飲み。二つある湯飲みの形と柄がそれぞれ違う。

「お客人をお招きするのは久しぶりですの」

微笑む祇音は、お盆を僕に差し出した。

ええと。

これは。

もしかしてセルフサービス、かな。

「ぜんざいも汁粉も今朝食べてしまって、鍋に残りがありませんでした。新しく作ろうとしましたが、小豆の場所がわからず。わたくしはそもそも台所に立つなと言われておりまして」

「おかまい、なく?」

「おほほほほ。茶葉だけは見つけられましたの！　未開封でしたので、ご安心を」

封が切られないままの茶筒を差し出され、仕方なしに受け取る。

つまりは祇音もひいこと同じく、台所仕事は苦手ということかな。

何百回と祖母に教わったお茶の淹れ方。これだけは履歴書に特技として書けるくらい自信がある。お茶は人それぞれ好みの味と温度があるから、一般的に美味しいと思われるお茶しか淹れられないけど。

湯飲みが二つ用意されているということは、北嶺のぶんはいらないのかな。

それぞれの湯飲みに蒸らしたお茶を注ぎ入れると、とても良い香りが鼻をくすぐる。

「翡翠《ひすい》色でとても綺麗……」

祇音は湯飲みにゆらめくお茶を嬉しそうに眺め、一口。

「美味しい」

僕も祇音に倣《なら》ってお茶を飲む。ちょうどいい熱さのお茶は、するりと喉を通った。

しばらく互いに何も言わずお茶だけを楽しんでいると、廊下の奥に一枚の絵が飾られているのに気づいた。あの絵は。

「日麩本国《ニフボン》の創世を記した絵です」

そうか。どこかで見たことがあると思ったら、歴史の教科書だ。

小学生、中学生、高校生、大学生と、必ず学ぶ日夢本国の創世神話。小学生の時に学んだことをなぜ大学生になっても学ばなくてはならないのか、なんて思うこともあった。

だけど何度学んでも創世神話は面白いんだよな。

「そのむかし、まだ日夢本に神々がおわした頃。よこしまな心を抱く暴れ馬を封じた一人の人間が、日夢本の原点でもある邪馬台国《やまたいこく》を築きました」

まるで謡《うた》うように。

祇音は創世神話を語りだした。

「神々も難儀していた暴れ馬を鎮めた功績で、その人間には神々の加護が与えられることとなりました。加護とは、神々の声を聞く耳。神々の姿を捉えることのできる目。偉大なる神々の力を前に、怯《ひる》むことなく対峙できるだけの力を与えました」

そう。

そしてその人間は、邪馬台国をどんどん繁栄させていった。なにせ神様の加護があるんだ。肥沃《ひよく》な大地に邪馬台国は富み、他の種族から妬《ねた》まれるほど力をつけた。

いつしか人間は神々の加護を忘れ、恵まれた現状に胡坐《あぐら》をかくようになった。

もっと広い大地を。もっと贅沢な暮らしを。もっと、もっとと。欲望は果てしなく膨らんでいく。

「人が増えると願いの数も増える。ただ純粋に神々を崇めていれば良かったのに、人はその尊い存在すら凌駕《りょうが》しようと目論《もくろ》んだ」

そう言うと、祇音は深く息を吐いてから立ち上がる。

そして廊下の先へ歩いていき、壁に飾られている絵を取り外した。

「愚かなり、邪馬台国の民よ。人はしょせん血肉を持った弱き存在。暴れ馬を封じたことも忘れた」

「あれっ。そんな歴史でしたっけ？」

絵を手に戻ってきた祇音に問うと、祇音は深く頷く。

「所説ある、と言いたいところですが――これが真実です」

祇音は絵を僕に差し出し、中央にいる一人の巫女を指さした。

絵には黒髪の巫女が天に走る稲妻に向かい、祈りを捧げている光景が描かれている。

巫女の背後には大勢の人が嘆《なげ》き、哀《かな》しんでいる。

確か歴史の授業では、天災を鎮めた巫女……って教えられた。その巫女さんが、邪馬台国を救ったって。

数百年前に描かれた、教科書にも掲載されているこの有名な絵。白木の額縁にガラスのカバー。シルクスクリーンにしては妙に本物っぽい質感だけど、まさかな。本物の絵は国宝に指定されていて、国立博物館で五年に一度しか公開されないはず。

「神々の加護が薄れた邪馬台国には、大いなる災厄が降り注いだのです。そう、この島が沈んでしまうほどに。その危機を食い止めたのが、一人の巫女。巫女は贄《にえ》となり、その身を捧げることで神々の加護を取り戻しました。そして邪馬台国には永遠の平穏と繁栄が約束されたのです」

祇音は絵を眺めると再び立ち上がり、廊下の先にある壁に絵を戻した。

贄って。そんな話は知らない。

「それじゃあ……その巫女が生贄《いけにえ》になったから、今の日麩本《ニフポン》国があるっていうこと？」

「ええ、そうです。これはまごうことなき真実。御神代であるわたくしが言うのですから、疑うこともないでしょう」

その身に神様を降ろす人が言う以上、もちろん真実だとは思うけど。

自らを犠牲にして国を、島を守る巫女。

それって……なんだろう、何かが引っかかる。

だけど、考えようとすればするほど、頭に靄《もや》がかかるような気がした。

おかしいな、頭がぼんやりする。急に眠気に襲われたみたいで。

「巫女様は今もこの国をお守りくださっています。人々が忘れてしまっても、今も今でも」

祇音は絵を眺めながら語り続ける。

だけど、僕の眠気は強くなる一方で。

ふと視線を感じて、振り返ると同時に眩《くら》む視界。

庭の端に立つ北嶺と、その後ろに立つひいこ。

二匹の猫はお座りをして、僕を眺めていた。

ああいやだな。

眠りたくない。

眠ってしまったらいけないのに。

「抗《あらが》わず、身を任せなさい。貴方にはまだ早すぎたのです」

祇音の哀しげな声が聞こえる。

トラさんの、細く長い鳴き声と。

ひいこの美しい顔。

そこで僕の意識は途絶えた。

＋＋＋

あれから数日。

そしてまた、僕の日常がはじまった。

「次はどんな仕事をしようかなあ」

アパートの部屋で、コンビニに置いてあった無料のアルバイト情報誌をぺらぺらとめくり、正社員募集のインターネットサイトを眺めるだけの状態でぼんやりと独り言。

わけのわからない体験をしてから、すでに五日。未だに夢の中にいるような心地で毎日を自堕落に過ごしていた。

月の終わりまであと二日、のんびりしている場合ではないのはわかっている。だけど、どうしてもやる気が出ない。焦りはするんだけど、行動に移せないというか。

自分に言い訳ばかりして、気がついたら空を眺めている。とても忘れることができない強烈な体験のせいで、僕の日常は奪われてしまったような気がする。

「トラさんたち……元気かな」

スマートフォンを手にしても、調べてしまうのは猫動画。

喋る猫なんているはずがないのに、どこかにいないかなと、あのふくよかな巨体を思い出しては息を吐き出す。

八匹もの猫に囲まれ、撫でろとせがまれたあの天国。いや、極楽浄土。この指先に今でも残る感触。トラさんのよく伸びる顎下の肉の柔らかさ。

ああ、できることならもう一度撫でたい。撫でるだけじゃなくて、もう一度。

「話がしたいな……」

猫背に注意しろと祖母にさんざん注意されてきたけど、今だけは背中を丸めさせてほしい。

不思議な神社に連れられて、日麩本国《ニフポン》の創世神話を聞いた。

授業では教えられなかった、神様だけが知っている真実。

あの後、直接この自宅まで車で連れてこられ、黒服の一人に「お疲れさまでした」

と丁寧に頭を下げられた。

いやちょっと待って、聞きたいことがあるんだけど、と言う前に、さっさと高級車は去ってしまった。

――面倒な説明をするよりも、その目で見て理解しなさい。

ひいこはそう言ったくせに、疑問が倍以上に増えただけ。

猫が八匹いて、みんな饒舌だった。

猫は猫に見えるけど実は猫じゃなくて、勝手気ままなのに愛される猫に化けることで気楽に過ごしていると言っていた。そんなトラさんたちは、八将様。

地の精霊が人々の願いや欲望をため込み、それが爆発。

まず、なぜ人の願いっていうのが叶っても残るのかわからない。悪い方向へならともかく、良い方向へと願いが叶えば何も残らないような気がするのに。

それに、突然コスプレイヤーに変化した北嶺。

有名神社の宮司で、ミシロって言っていた。オミシロとも。あの派手なコスプレ姿でいるときは、水神だと自称していたっけ。神様の代わり——それで、神代、なのかな。

不思議な神社にいた巫女さんは、風神様の神代と言っていた。だから、自分の語る創世神話はおとぎ話なんかじゃなくて、真実だと。

でも、不思議なことに、時間が経過するごとに何を聞いたのか忘れてしまったんだ。思い出そうとしても、思い出せない。

「ひいこさんは、神様を諫め宥めるって言っていたけど、地霊の暴走を鎮めるってことなのかな」

テレビでもお目にかかれないほどのとても美しい女性が、見事な振袖を纏って黒い歪みに立ち向かう姿は、正義の味方っぽくて恰好よかった。実写版美少女戦士みたいな。

薙刀を振るっていた水神も恰好よかったな。漫画のヒーローのようで。

実は、祖母の壮大なドッキリだという可能性も考えた。

そんな手間をかけてまで僕にイタズラをするとは到底思えないんだけど、万が一ということもある。

だから先日、改めてひいこの屋敷を訪ねたんだ。猫じゃらしが生い茂る、あの屋敷を。

そうしたら。

「たどり着けないってどういうことなんだよ……」

独り言が大きくなってしまうのは、一人暮らしの宿命。

その日は、トラさんに誘導されてたどり着いたはずの屋敷を朝から探したんだけど、見つからなかった。

確かにあの高層ビルの隣の路地から裏に入ると、細い道に出たはずなのに。

そこには何もなくて。いや、立派なビル群が続くだけで。

キツネならぬ猫につままれた……実は催眠術にかかっていて、ずっと夢を見ていたのかもしれないとも思った。

だけど。

手のひらに残る猫の爪痕《つめあと》。足に噛み痕。

トラさんたちに出会う前、友人の猫にも会ったけど、あのときは全力で逃げられてその姿すら拝ませてもらえなかった。だから、この傷はトラさんの痕跡だ。

次第に薄れていく傷を見ながら、酷い焦燥感に襲われる。

誰かに打ち明けたかった。信じられないような体験をしたのだと。

でも話せなかった。僕自身すら夢じゃないかと思うのだから、誰かに話したところで信じてもらえるわけがない。なにせ、証拠は傷痕だけだ。こんなの話したって、逆に病気なんじゃないかと心配されてしまう。

祖母に連絡しようかとも思ったけど、いくら家に電話をしてみても留守なのか出ない。

でも、連絡がとれて、用事は済んだから電子マネーカードを返せと言われるのも怖い。今はこのチャージ残高が命綱《いのちづな》だし。

こんな気持ちのままアルバイトや再就職先を見つけても、きっと集中できない。外に出るたびに猫を探してしまい、空き地の前を通るたびに何かを求めて目を凝《こ》らしてしまう。

「聞きたいことがたくさんあるのに」

独り言はむなしく消えていくだけ。

――ぴーんぽーーーーん。

ふいに、玄関チャイムが鳴った。

壁に掛けてある時計を見ると、時刻は午前十一時を回ったところ。

通販ではない。何かの集金でもない。だとしたら。

手にしていた雑誌をベッドの上に置き、玄関へと走る。

「はい、はいっ！　ただいま！」

「訪問客を予知していたのなら、早く応対なさい」

閉ざされた扉の向こうから、不機嫌そうな声がした。

「ばあちゃ……」

「誰がババァですか！　無礼な口を叩くと、最近肥えてきたうり坊の面倒を見させますよ！」

素っ頓狂な怒鳴り声に慌てて玄関ロックを外し、ゆっくり扉を開くと。

「四匹生まれたのです。写真を見なさい」

いやいや、突然訪問してきて、最初に目にしたのが祖母の顔じゃなくて可愛いうり坊の写真だとは。四匹も生まれたのか……あの猪、実は雌だったんだな。
祖母は相変わらず真っすぐに背筋を伸ばし、薄紫色の絵羽《えば》模様の訪問着を纏ってい
た。その背後には、黒服にサングラスの屈強な外国人。
「こんにちは、ツマ子さん」
「はい、こんにちは啓順。お邪魔いたしますよ」
「あ、はい。どうぞ。今日はお茶をご用意しました。安物の茶葉なんですけど、変
わった焙茶《ほうじちゃ》を買ったんです」
片付けをして水拭きと掃除機を念入りにかけた廊下は、本来の輝きを取り戻して
いる。
一つしかない部屋も全て雑巾と掃除機をかけ、布団もカーペットも座布団も干した。
押し入れの中も綺麗にして、断捨離《だんしゃり》。
祖母は部屋の中をきょろきょろと見回すと、前回と違ってベランダへと続く窓を開
けずに、座布団の上にゆっくりと腰を下ろした。
僕は台所で電子マネーカードの恩恵を受けた茶葉を取り出し、急須へと適量を入れ
る。あの屋敷で飲んだ玄米茶がとても美味しかったので、また飲みたくなって探した

んだ。だけど百貨店の地下で売られていた同じメーカーの茶葉は、グラムで三千円。眩暈《めまい》がした。

その代わりに見つけたのが、栗の香りがする焙茶というわけ。

「……甘栗の香りがしますね」

祖母がぽつりと言った。これは興味を持ったな。

「はい。栗の焙茶なんですよ。匂いがとてもいいですよね」

祖母が座する前にちゃぶ台を用意し、適温で淹れた焙茶を出す。ついでに紅葉《もみじ》の形をした練り切りを添えて。

この焙茶はほんのり甘みがあって、砂糖を入れて飲んでも美味しい。祖母は緑茶や焙茶よりも紅茶派だけど、この味なら飲んでくれるだろう。

濃い茶色の液体から香る、柔らかな甘い栗の匂い。祖母は湯飲みに注がれた焙茶をじっと見つめた。

「これが焙茶なのですか？」

「そうです。砂糖は入れませんよね？」

「ええ。いただきます」

「めしあがれ」

祖母は軽く会釈をすると、品よく湯飲みを手にして口に運んだ。

一口飲んでしばらく目を瞑り、再度一口、二口と嚥下《えんげ》する。これは気に入ったという証拠だ。祖母は少しでも自分の口に合わないものは、飲んだり食べたりしない。

「いかがですか？」

湯飲みを置いた祖母に問うと、祖母は悔しそうに眉根を寄せた。

「…………なんという店で購入したのです。銘柄をお教えなさい」

空《から》にした湯飲みを差し出し、お代わりを強請《ねだ》った。

「あ、はい」

湯飲みに新しい茶葉で用意した焙茶を注ぐと、再び甘栗の香りに包まれる。予備に購入しておいた茶葉をお土産《みやげ》に持たせたほうがいいかな。

思い立ったら即行動。僕は台所の上の棚にしまっておいた未開封の茶葉を取り出すと、それを紙袋に入れた。帰り際《ぎわ》に渡すとしよう。

遠くでヘリコプターが飛んでいる。窓ガラスに響くほどの重低音ということは、軍用ヘリかな。

沈黙を貫いたまま、祖母は差し出した紅葉の練り切りをゆっくりと咀嚼《そしゃく》する。一口食べて眉根を寄せないところを見ると、これも気に入ってくれたようだ。

栗の匂いがする焙茶も、鮮やかな紅の練り切りも、あそこに持って行ってやりたいなと思いながら探した。

誰かを思いながら買い物をするのは久しぶりで、随分と時間をかけてしまった。おかげで新しい店を知ることができたし、美味しい練り切りを発見することもできた。猫に見えるけど猫じゃないトラさんたちは、この栗の焙茶の匂いを嗅いだ瞬間、どんな顔を見せてくれるのだろう。祖母が気に入ってくれた練り切りを、美味《うま》いと言ってくれるだろうか。

ああ駄目だ。また、考えてしまっている。

もしかしたら二度と会えないかもしれない、不思議な彼らのことを。

「啓順」

「はい」

「わたくしに聞きたいことがあるのではないですか」

祖母は口元をハンカチで拭《ぬぐ》いながら、空《から》になった湯飲みを差し出した。またお代わりかな。

「聞きたいことはたくさんある……あります」

だけど、聞いたところで事細かに教えてもらえるのだろうか。

祖母はそんな親切な人ではない。二十四年の付き合いだが、祖母の性格は把握している。基本的に、意地が悪いのだ。

「僕がばあ……ツマ子さんに質問をする前に、僕なりの考えを言ってもいいですか」

まずは考える。

すぐに答えを求めるな。

考えて、考えて、それでもわからなければ調べろ。

わからないことは聞けと言うわりには、すぐに教えてくれないのが祖母だ。

「聞きましょう」

祖母は新しく淹れた焙茶を一口飲むと、目を瞑った。

僕は祖母に言われた通りの住所を訪ねたところから話した。

高層ビル群の中を歩いていたら、虎模様の太った猫に遭遇した。その猫に導かれるまま雑草だらけの屋敷に行くと、饒舌に喋る猫が他に七匹もいた。

猫は猫に見えるけど実は猫じゃなくて、屋敷の主人である「ひいこ」という、とても綺麗な女性を守る守護神。

祖母は黙ったまま僕の話に耳を傾け、相違はないと言わんばかりに小さく頷いた。

僕は話を続ける。

「水鳴神社の宮司さんで、北嶺って人が来ました。えーと、ナントカ北嶺さん。その人はミシロらしいんですけど、ミシロに関しては何も聞けませんでした。だけど、水の神様を降ろすことができるとも聞いたので、神様の代わりに何かをする役目を担う人のことを、ミシロ。御神代と呼んでいるのではないかなと思いました」

神代である北嶺とひいこが、荒ぶる地霊を鎮めた。

なぜ二人がそんなことをするのかはわからないけれど、二人が黒い歪みと戦っていたのは事実なのだ。

「ばっ……、ツマ子さんがずっと昔に教えてくれましたよね。地の神様と、黒い歪みの話。あれはおとぎ話や昔話だと思っていたんだけど」

僕が妙な病気になっていないのなら、あれは全て本当にあったこと。

超常現象を超えた、あり得ないはずの出来事が立て続けに起きて、僕はただただ呆然とするだけ。漫画の主人公なら ピンチに特別な力が発揮され、絶体絶命を颯爽《さっそう》と救うのが定番だけれど、そんな展開は一切なかった。

黒い歪みは白へと色を変え、水の神様は薙刀を空にブン投げて消えてしまった。

残ったのは、疲労困憊《こんぱい》で気持ち悪く微笑む北嶺。

「北嶺は車で連れ去られてしまい、僕も気づけばひいこさんの家にいました」

「……相変わらず使えない宮司ですこと」

「え」

吐き捨てるようにぽつりと呟いた祖母は、息を長く吐き出した。

「すべて説明をするようにと繋ぎを取りましたのに、何をされておられるのか。どうせつまらないことをべらべらと喋るだけ喋って、お前に話をさせなかったのでしょう」

当たっている。

北嶺に質問できたのは、結局トラさんたちのことだけ。ひいこさんを守護する八将様と言っていたけど、よくわかっていない。

猫なのに猫じゃないっていうのは、なんとなく納得した。そうでもなければ、猫が喋るわけがないから。

「トラさんたちのことがわかっただけでも、ちょっとすっきりしましたよ」

「トラさん？　……寅次殿のことをそのようにお呼びするなど、無礼な」

「無礼だったんですか？」

「八将様はひいこさんの御身を守られる、尊き守護神様なのですよ」

それは聞いた気がする。

「ひいこさんをお守りするって、何からお守りするんですか？　黒い歪みとなった地霊からですか？」

「それも、あります。ですが、ひいこさんのお命そのものを見張るお役目もあります」

「見張る？」

「ひいこさんが自ら命を絶たれぬように」

えっ。

自ら命を絶たれぬって、自殺、とかそういうこと？

祖母は両手を膝の上に置き、とても苦しそうに顔を歪めた。

「ひいこさんは、わが国……この八百万《やおよろず》の神々が座する聖なる大地、日麩本《ニフポン》を守護するための礎《いしずえ》——贄《にえ》なのです」

あれ、その言葉、何かが引っかかる。どうしてかわからないけれど、とても大事なことだった気がして。

「待って。ちょっと待ってばあちゃん、今なんて言ったの？」

国を守護する礎、贄……どこかで、確かに聞いた。

慌てて祖母へと詰め寄ると、祖母は閉じていた目をカッと開いて。

「誰がババァですか。無礼な口は引きちぎって縫い付けてしまいますよ！」

いつものように怒鳴った。

＋＋＋

耳を塞ぎたくなるほどの大音量が駅のホームにこだまする。

通過する快速電車がホームに入る手前で警笛を鳴らすのだが、この音がとてもうるさい。警告するための笛なのだからうるさいのは仕方がないけれど、ここまで大きな音じゃなくてもなあと思いながら、僕はスマートフォンを取り出した。

スマートフォンの待ち受け画面には、ふくよかな身体をした茶虎の猫画像。広大なインターネットの海に浮遊していたものを拾ったのだ。

本当ならば、あの雑草だらけの屋敷に棲む猫たちの写真が良かったんだけど、あいにくと撮影はしていない。僕の記憶の中に残るのみだ。

祖母の衝撃的な話からさらに数日が経ち、僕は短期契約のアルバイトで何とか生き延びていた。

本当はまだ祖母の話を疑っている。そんなこと、あるわけがないと。

だけど僕が実際に目にして、肌で感じて、指先に触れてきたあの不思議な経験は、その話を裏付けていた。

「三番線に東京行きの電車が参ります」

アナウンスを聞き、スマートフォンをリュックサックのサイドポケットにしまう。リュックサックの中には、さっきコンビニなどで購入した様々なものが入っていた。

ホームの乗車口に行儀よく並ぶ人たちの最後尾に立ち、背負っていたリュックサックを両手で抱える。今朝も変わらずの乗車率だ。

先日、祖母は珍しく悲しげな顔をして言った。

遊行ひいこという人物の、とてつもなく重たい宿命のことを。

『ばあちゃ……じゃなくて、ツマ子さん、意味がわからないよ。贄って、どういうことなの？』

数日前に聞かされた、信じられない真実。

世界でも唯一の戦争未経験の小さな島国、日麩本《ニフボン》。

この国が特殊なのは国民性や政治手腕や強運のおかげだと思っていたが、真実は違った。

古来より日麩本国には八百万の神々が住んでおり、その神々の恩恵によって国民が生き延びてきたというのだ。

そんなおとぎ話、信じられるはずがない。そりゃあ、昔話や神話などで神様の話は聞いたことがあるけれど、実際にいると言われても、まさか、と思うのが普通。

でも。

僕には否定することができなかった。

あの何もないはずの空き地で経験したこと。

水の神様に出会ったこと。

黒い歪みを、肌で感じたこと。

このさい神様が実際に存在していて、僕たちの生活を見守っているという話は事実としよう。

それよりもひいこの役目、いや、呪われた宿命。

『日懟本がはるか太古、邪馬台国と呼ばれていたことはご存じですね？』

祖母に問われ、僕は訝《いぶか》しみつつ頷いた。

暴れ馬を鎮めた地に作られた国ということで、邪馬台国。それが、この日懟本国の起源と言われている。

邪馬台国で神の声を聴き、その声を伝える役目を担う聖なる女性のことを、姫巫女と呼んでいた。

僕も歴史の教科書でほんの少しだけ学んだ。今の義務教育で必ず学ぶ国の起源と、邪馬台国のことを。

――姫巫女……そうだ、確かに水神が言っていた。姫巫女、って。

ひいこを、そう呼んでいた。

祖母はゆっくりと深く頷くと、さらに衝撃的なことを話した。

僕はそのあり得ない、正直言って今でも信じることができない真実を聞き、何も言葉が出なくなってしまった。

祖母はお土産に持たせた茶葉をしっかりと手にすると、そのまま帰ってしまった。

練り切りを買った店の名を聞かれ、僕は呆然としながらも、それに答えたところまでは覚えている。

祖母が帰ってしまってもその場から動くことができなくて、限界に達した足が酷くしびれた。

「次は横浜駅《オウヒン》、どなた様もお忘れ物のないよう――」

乗り換えの駅に到着し、大多数の乗客が降りる波に乗って僕も下車。そのまま別のホームに移動して、新宿《ニイスク》行きの電車に乗り換える。

朝のラッシュアワーは相変わらず忙《せわ》しなくて、周りの人たちは規則正しく時間通りに動いている。まるで行動をインプットされたロボットのようだ。

無表情な人も、笑っている人も、怒っている人も、泣いている人も。

全て、全て、日麩本国《ニフポン》の民。

世界で何回目かの大戦が終わったあと、日麩本はしばらく鎖国をした。他の国に干渉をされたくなくて、頑なに引きこもった。

その時も八百万の神様たちが活躍したのかな、なんて。

僕はなぜか嬉しくなって独り微笑んだ。

＋＋＋

「さて、と」

外壁が橙色《だいだい》の高層ビルの前だったはず。

このビルの前で、僕はトラさんと出会った。ここらへんで待っていれば、今回もきっと会えると思う。いや、絶対に会える。

本格的な登山用のリュックサックは、容量六十リットル。登山が趣味の友人に、今日だけ貸してもらったのだ。

電車の中で必死に守ったおかげで、あまりへこまずに済んだ。隣に立っていた女性に迷惑そうに睨まれたけど、中身が無事ならいいや。

綺麗に咲くコスモスとランタナの花を眺めながら、花壇の端に座らせてもらう。

冷たい北風にも負けず、見る者の心を癒す花たち。

そういえばあの屋敷には猫じゃらしばかりで、花は少なかったな。山茶花《さざんか》や椿《つばき》といった常緑樹はあった気がする。

「ああ、そうか」

北嶺との話のやり取りで、ひいこは花を育てられないと聞いた。

つい口元が緩んでしまう。あのやり取りは面白かった。

見た目は絶世の美女なのに、毛玉だらけの半纏とスウェット姿。だけど艶やかな振袖に着替えたら、人形と見間違うほどに可憐《かれん》――と、祖母が言っていた。

祖母はやたらとひいこを褒めたたえていた。わがままで自己中心的で短気ではあるけれど、本当は誰よりも優しく、秀《ひい》でた人なのだと。

優しいかどうかはともかく。

僕が思うひいこの印象は、そんな大変な業《ごう》を背負った人物ではない。世間を知らぬ箱入り娘と言ったほうが正しい。

ラーメン一つで大仰に喜び、夜はカップに入ったラーメンを食べるのだと息巻いていた。

時折見せる寂しげな横顔には、僕が聞いてはいけない理由があるのだとは思っていたのだけど。

「にゃん」

突然、腕に感じる温もり。

ふわふわの毛に、もちもちの身体。口元をにゅいっと歪ませ、鋭い牙を見せて微笑む猫。

僕は何も言わないまま背をかがめ、両手を猫に差し出した。とても太った虎模様の猫は、花壇にお座りをして尻尾を揺らめかせた。

「こんにちは、トラさん」

忘れられなかった。

忘れたくなかった。

目の奥が熱くなるのを感じながら、震えそうになる手で柔らかな毛をゆっくりと撫でる。

「おう、啓《ケイ》の字」

トラさんだ。

トラさんがいた。

僕は夢を見ていたんじゃない。

幻を追いかけていたわけじゃない。

彼は、やっぱり存在していた。

ここに来るまで不安で不安で仕方がなかった。祖母にここへ行けと命じられて嬉しかった半面、もう二度とトラさんたちに会えないことを知らしめるためだったらどうしようかと、ずっと不安だったんだ。

「シケた面《つら》しているんじゃねぇよ。ああん?」

「ふえっ、ふえぇえっ、トラさんだぁ……」

「へへっ、おいらはオメェの夢なんかじゃねぇからな。どうよ?　ふっかふかでもっちもちだろう?　ちょいと顎の下を指でぐにぐにしろや」

あふれ出る涙を袖で必死に拭《ぬぐ》っても、後から後から流れ出る。

柔らかい顎肉をぐにぐにと指で伸ばし、ゴロゴロと鳴る感触を楽しむ。

ああこれだよ。この肉の伸び具合がたまらない。憎まれ口を叩くこのむにむにとした口も、可愛くて仕方がない。

「ほれほれ、いつまでもガキみたいに泣いてるんじゃあねぇよ。みっともないじゃねぇか」

「だって、トラさん、生きてる、ほんっ、と、っ、にっ、嘘、じゃ、なっ、ひっ、ひっ」

「ああ、泣くな泣くな」

公共の場で、しかも聳《そび》え立つ立派な高層ビルの正面玄関前の花壇に座り、猫を撫でまくりながら号泣する僕は完全に不審者だ。

だけど嬉しくて嬉しくて、流れる涙はいつまでも止まらなかった。

行き交うサラリーマンに笑われても、猫がいるとはしゃぐ女性に指をさされても、僕は年甲斐もなく泣き続けるだけで。

「へへっ」

はにかみながら笑うトラさんを胸に抱き、その温もりを確かめた。

トラさんが八将様だろうと守護神様だろうと、どうでもいい。

再び会えたことが大切。


そう、この路地。

コンクリートとアスファルトで敷き詰められた大都会の中心に、砂利と土に雑草が生えた狭い道。

僕が一人でこの道を探しに来たときは、一日中歩き回っても見つからなかったのに、トラさんに導かれるまま進んだら、あっという間にたどり着いた。

これも神様のご加護とか、そういう科学的なものでは説明できない不思議な現象なのだろう。一種の結界、みたいなものじゃないかな。きっとそうだ。結界が何なのかはよくわかっていないけれど、悪いものが入れない見えない壁だろう。

いつかはまたこの道を見つけるのだと息巻いていた僕は、僕なりに勉強をした。と、いっても日麩本《ニフボン》神話の本を読んだ程度。水波能売命神《みずはのめのかみ》についても書いてあった。

農耕と水を司る神様で、五穀豊穣を祈願するときは水の神様に祈りを捧げるらしい。今でも古いしきたりを守る農村部では水の神様の信仰があり、雨が降るたびに水波能売命神《みずはのめのかみ》に感謝するのだ。

水の神様は薙刀を華麗に振り回し、ゲームのキャラクターのような姿をしているのだと知ったら、信仰者はどう思うのだろう。ますます崇《あが》め奉《たてまつ》るだろうか。僕なら、かっこいいと叫んでしまうかもしれない。いや、叫ばなかったけど。

トラさんの顎肉を指で撫でていたら、前方に雑草だらけの家屋が見えてきた。

僕が数週間前に一度だけ訪れた屋敷だというのに、まるで昨日のことのように覚えている。腰より上まで生えている猫じゃらしが風に泳ぎ、さわさわとした優しい音を奏でていた。

「おう、啓《ケイ》の字。ずいぶんとたくさんの荷物を持ってきたじゃねぇか。オメェ、泊まっていくのか？」

猫じゃらしの海に飛び降りたトラさんが、僕を見上げて面白そうに笑った。猫の笑う姿も見慣れたもので、僕も思わず笑顔になって答える。

「泊まりではないよ？　これは全部、ひいこさんや皆へのお土産なんだ」

「まじか！　お、おいらにもあるのか？　おいらには何を持ってきたんだ？」

お土産という言葉にトラさんは興奮し、二足歩行で飛び跳ねた。前足で器用に僕のズボンを掴むと、早く来いとせがむ。

猫じゃらしの海をわさわさと抜けた先には、山茶花や椿、松の木に柿の木、今は葉が落ちているが、桜や梅の木もある。

ちゃんと整備すれば見事な日本《ニ》庭《フ》園《ボン》だろうに、もったいない。この猫じゃらしの海も見事と言えば見事だから、なんとも言えないけれど。

「おや啓順《ケイジュン》、帰ってきたんだね」

玄関脇にある巨大な岩の上でお座りをしていたのは、綺麗な毛並みのロシアンブルー。

「辰治さん」

「ふふふ、お前さんならいつか帰ってくると思っていたさ」

穏やかな口調で話す辰治は、僕のズボンを掴んで二足歩行をするトラさんを一瞥した。

「ほらデブ猫、さっさと啓順を案内しておやりよ。なにを愚図愚図《ぐずぐず》しているんだい」

そんな憎まれ口を叩く。トラさんは江戸っ子気質の虎猫。もちろん売られた喧嘩はきっちりと買う性分で。

「おうおうっ、ただのんびりと寝ていやがったくせして、ナマ言っててんじゃねぇや」

「猫がのんびりと寝て何が悪いっていうのさ。霜月《しもつき》の晴れ間にお日さんを浴びるのは、アタシの役目さね」

「なんの役目だへちゃむくれ！　おいらだってお日さんを浴びてのんびりぐうたらしてぇや！」

「誰がへちゃむくれだい達磨《だるま》猫！」

「なんだと里芋野郎！」

「風船お化け！」

「こんにゃくの出来損ない！」

玄関前での二匹の攻防。

これはもう、義務なのだろうか。トラさんと辰治は尻尾をピンと伸ばして臨戦態勢だ。僕はただ嬉しくて嬉しくて、二匹の喧嘩すら笑顔で眺めてしまう。

そんな二匹が今にもぶつかり合いそうな時、玄関の引き戸が開くと、中から一斉に猫たちが飛び出してきた。僕にぶつかりそうな勢いで、足元へと駆けてくる。

「啓順だ！　啓順！　おら、おめが帰ってくるって思ってたっぺ！」

どこかの方言で喋る黒い猫は、石井。

「私も啓順は絶対に帰ってくるって言っていたもん。ねぇねぇ、また耳の後ろをこりこりしてよ」

真っ白の猫は、小松。

「下りられなーい！　啓順、抱っこしてー！」

玄関マットの上で立ち往生《おうじょう》している仔猫は、三毛猫のジェシカリンダ。

「ぼくも！　ぼくも抱っこしてよ！」

同じく段差を苦手にしているのが、マンチカンの如雨露。

「随分と時間がかかったね。これもツマ子の試験？」

落ち着いた大人の喋りをするのは、メインクーンの葉結。

「なんにせよ、またラーメンを作っておくれ。あれが忘れられなくてさ」

犬のように尻尾で感情を表現するのは、ラグドールのジャッキー。

「こらテメェら、邪魔するんじゃねぇ！」

「ふふん。そんなことを言って、内心ほっとしているんじゃあないかい？」

「なんだとお！」

辰治にからかわれ、トラさんはシャッと威嚇した。

この八匹の、猫に見えるけど猫じゃない猫たちは、ひいこの守護神。

日㮤本国《ニフボン》に棲む神様たちと唯一交流することができる、ひいこのボディーガードのようなもの。こんな愛くるしい見た目でボディーガードとはとても思えないけれど。

僕は猫じゃらしをかき分け、その場に腰を下ろした。

大小さまざまな猫たちが僕の膝や肩に飛び乗り、背中の登山用リュックを必死で嗅ぐ。

玄関先で右往左往している二匹にも聞こえるように声を張った。

「今日はみんなにお土産があります」

僕は登山用リュックを背中から降ろし、その場で開く。

色違いの八つの皿はラーメンをよそえるくらい、底が深くなっている。だけど猫でも食べられるよう足場付き。

猫缶は飽きているらしいから、缶詰はサバの味噌煮や牛肉のしぐれ煮などを買った。

決して高級ではないけれど、僕が食べておいしいと思ったものだけを厳選した。

それから玄関先に設置できる、折り畳み式の踏み台。これはトラさんや段差が苦手な猫用だ。これがあっても、トラさんは当然のように抱っこをせがむだろうけど。

「みんな、おつまみとか食べられる？　百円均一でいろいろと買ってきた」

「百円？　均一って、なんでぇ」

「お店の中にあるもの、全部百円で売っているんだよ」

「はあぁあっ？　そんな馬鹿なことあるかよ！」

「うっそー、なにそれ！　お店の中、全部なの？　すごいすごい！」

トラさんに続いて、白猫の小松が叫んだ。

すでに巨大リュックの中には猫が三匹入り込んでいる。猫じゃないって言っているくせして、その習性は猫そのものなんだからな。

ちなみに猫が遊べる玩具類も買ってきた。

このお土産の品はどれも高級品ではないけれど、僕の貯金で購入したものだ。人様へのお土産に祖母の電子マネーカードは使えない。

「こらこら、そんなところで店を開くんじゃないよ。さっさと中に案内しておやり」

辰治が声をかけると、リュックから三匹が飛び出し、僕の膝の上で撫でろと催促していた猫たちが散開する。

またあの猫天国を堪能させてもらおうとリュックを背負い、玄関へと近づくと。

「朝っぱらからうるっさいのよ！」

硬めの帯枕が顔面に命中した。鼻が一瞬つぶれ、激痛が走る。

これも前回とまったく同じだなと思っていると、スウェット姿で裸足のまま外に出てきたひいこがいた。

「なんで、なんで、なんで来るのよ！　二度と来なければいいのに！」

ひいこは悲しみに顔を歪め、僕に怒鳴り散らした。

僕は何も言い返すことができず、ただただ苦く微笑むしかなくて。

ひいこが背負っている宿命とか、運命とか、しがらみとか、そういうのは僕には正直言ってわからない。女性一人の背に国全体の行く末が全て託されていて、ただ耐えろというのは勝手な話ではある。

だけど、そうしなければこの国は、国民は、滅んでしまうのだ。

はるか太古、日麩本国《ニフポン》が邪馬台国と呼ばれていた時代。

八百万の神々は一人の巫女と契約した。

——居心地の好いこの国に留まる代わりに、お前が我らの声を聴け。我らの憂いを晴らし、我らを導き、我らを使え。我らはお前がこの国に留まる限り、この国を守り、愛し、見守ることとする。

邪馬台国の巫女は応えた。

——愛する人たちを守れるのならば、わたしはあなたたちの声を聴き、あなたたちの憂いを晴らし、あなたたちと共に参りましょう。

「ひいこさん、僕は大海原の当主になりました。ばあちゃんが認めてくれたんです。ひいこさんの傍にお仕えして、ひいこさんの声を聴きます」

「うるさいうるさいっ！　どうせ、どうせアンタなんか、あと、あと少しでいなくなるでしょう！」

あと残り十六年。

それが少しだと嘆くのは、きっとひいこだけだろう。

大海原の当主に限らず、神代も、ひいこに会えるのは四十歳までと決められている。

「ひいこさん、ひいこさん。姫巫女、卑弥呼《ひみこ》様。僕の話を聞いてください」

邪馬台国からたった一人、この国を守ってきた女性。

幻の女性、卑弥呼。

押しつぶされそうな重圧と、考えられないほどの孤独を抱えてきた。

この女性を守りたいとか、悲しみを忘れさせてやりたいとか、そういうことは考えていない。僕が口を出してどうにかなる問題じゃないし、僕ごときが力になれるわけがない。

だけど。

それでも、僕はひいこに、彼らに会いたかった。

身勝手すぎる僕の選択に皆は怒るだろうか。

それとも――

春爛漫《らんまん》の卯《う》の花月《はなつき》。

雑草だらけの庭に桜の花びらが舞い散り、柔らかな日差しが縁側を照らす。

季節の変わり目は長雨が続き、昨夜までは花時雨《はなしぐれ》で猫たちの機嫌が悪かった。毛が湿気《しけ》るとか、ヒゲがぴりぴりするとか、関節が痛むとか。やたらと愚痴を言っては僕にブラッシングを強請るものだから、昨日は日課の雑巾がけができなかった。

ひいこは一日や三日や一週間くらい掃除なんてしなくても生きていけると言っていたが、この屋敷で寝起きするようになってから、僕は毎日欠かさず掃除をするようになった。

ずぼらでものぐさだったのに随分と変わったなと、自分でも思う。この屋敷は綺麗に維持しないといけないような気がするからだ。

「ねえねえ啓順《ケイジュン》、お昼はモチの入った汁が飲みたい」

仔猫のジェシカリンダが廊下を水拭きしている僕の腕にすり寄り、雑煮《ぞうに》を作れと強請った。仔猫っていうのは得だな。ただでさえ可愛らしい見た目をしている上に、こうやって強請られてしまうと、いいよいいよと言ってしまいたくなる。

雑煮を作るには鶏肉と椎茸《しいたけ》が欲しいところだが、あったっけ。

「ばあちゃん直伝の雑煮だけど、ずいぶんと気に入ったんだな」

濡れた雑巾を気にせず、ジェシカリンダはごろりと寝ころび、僕に腹毛を晒す。この姿を見ると、僕が何でも言うことを聞くと思ってやるんだから、タチが悪い。可愛すぎる。

「北嶺が土産に持ってきた汁も美味しかったけど、ぼくは啓順の汁のほうが好きだ。鳥の肉がとっても美味しいの」

「鈴城屋《すずしろや》の雑煮より美味いっていうのは言い過ぎだよ」

「言いすぎじゃないの。お花の人参《にんじん》があるのは、啓順の汁だけ」

人参を花の形にしてと頼んできたのは、ひいこだ。僕が読んでいた料理本を勝手に取り上げて、ぺらぺらとめくって雑煮を作れと命令。本に掲載されているとおり、七色の麩と花の形の人参をリクエストされ、僕が慌ててネット検索したのは言うまでもない。

醤油とみりんと塩と出汁で味付けをした、いたってシンプルな雑煮汁。これくらいは作れるようになれと、祖母が作り方を教えてくれた。

以来、正月でもないのに雑煮を月に二度ほど作っている。

「雑煮かあ、いいねぇ」

うららかな春の日差しに大の字になって惰眠を貪っていたトラさんが、尻尾だけをぱたりぱたりと上下させた。

「雑煮を作るなら、麺も入れてくれ。なんてぇんだ？　あの、白い細っこいやつ」

「素麺《そうめん》？」

「それだ。黄色とか緑色の細いやつを入れろよ」

「まだあったかなあ」

トラさんは麺類が大好物だ。スパゲティもペンネも喜んで食べるが、蕎麦や素麺といった和食のほうが好み。三食続けてうどんを強請られたときは、さすがにひいこがキレた。

この数か月で、猫たちの食の好みが大体理解できた。八匹と一人いるわけだから、毎日ローテーションでそれぞれの好きな食べ物を一食作るようにしている。

僕は目下《もっか》ダイエット中。この屋敷に来て二キロ増えたから、そのぶん痩《や》せないと。

廊下の雑巾がけを終わらせ、トラさんが横になっていた座布団を庭に出て叩く。少しだけ日干しをさせてもらわないとね。

その間に雑草が生えていない玄関前を箒《ほうき》で軽く掃《は》き、枯れ草や枝などをゴミ袋に回収。

さて、昼飯の支度を始めよう。

と、いってもこの家には日麩本《ニフボン》全国津々浦々《つつうらうら》、様々な第一級の食材がそろっている。出汁を取るための煮干しから、鰹節《かつおぶし》、コンブ、牛や豚の骨、鶏がら、などなど。聞いたことのないような商品名に、あまりにも有名すぎる商品名。

値段を知ってしまうと怖くなると思うので、あえて知らないまま調理に利用させてもらっている。きっと、プロの料理人が見たら食材の扱い方に激怒するだろう。

「いい匂いだねえ、なんのスープを作るんだい？」

「この匂いはコンブ出汁！」

「啓順、もしかして雑煮？　雑煮なの？」

「餅四つ食べるー！」

台所で出汁を取っていると、一匹、また一匹と猫が集まってくる。初めに辰治、続いて葉結。ジャッキーとジェシカリンダが先を争いながら来た。台所では走り回るのを禁止しているから、彼らはおとなしくお座り。

八匹が揃う頃には雑煮はほぼ完成していて、器によそう段階で毛玉だらけのスウェット姿の女性が姿を現した。

「……人参は花の形でしょうね」

雑煮を作るたびに毎回同じことを確認するものだから、僕はついつい笑ってしまう。

「六枚花にしましたよ」

「七色のお麩は？」

「器に用意しています」

ひいこはむっつりとしたまま頷くと、食器棚から大きな盆を出す。人数分の皿を全て載せ、続いて冷蔵庫からガラス瓶に入った水を取り出した。

オーブンで焼いた餅を取り出し、それぞれの器に入れてから、熱々の雑煮汁を注ぐ。

猫舌用に氷を用意し、茹《ゆ》でたほうれん草を添えたら出来上がり。

遠慮なくヨダレを垂らす猫たちは、僕が盆を手にすると一斉に台所隣の和室へと移動する。

ひいこもコップと水を抱え、いそいそとちゃぶ台の前に座った。

「啓《ケイ》の字、細っこいのは？」

「あるよ。お餅にくっつくから、食べた後に入れようか」

「よーしよしよし」

トラさんは満足そうに頷く。

別皿によそった素麺も用意すれば、食事の挨拶と同時に賑やかな昼食の開始だ。

僕は大海原の当主として、この屋敷に住みこませてもらっている。

初めこそひいこは全身全霊で嫌がったが、押し切る形で居座ってしまった。

それというのも、祖母が勝手に僕のアパートを解約してしまい、僕が外出している間に家財道具を全てこの屋敷の離れに移してしまったからだ。

許可された者しか入ることのできないこの領域に、引っ越し業者がどうやってきたのだろうかと妙なことを考えている間もなく、住むことになった。

あと十六年。

僕が四十歳になるその時まで、ひいこの傍にいることを選択した。

十日ほどひいこに無視されたが、猫たちの説得とラーメンとタコ焼きと百円均一のおつまみのおかげで、何とか受け入れてもらえた。

蝶よ花よと大切に守られているひいこは、口にするものが全て高級品。一流のものしか食べたことがないと聞き、それなら逆に手軽な食べ物に飢えているだろうと考えたのだ。

ランクAの高級な牛を食べ続ければ、さきいかくらい口にしたくなるものだ。

案の定、ひいこは僕の存在を許してくれた。けっこうチョロかったな。

「啓《ケイ》さん、啓さん、夜は何にするの？　私ね、卵焼きが食べたい。甘いの」

あっという間に食べ終わってしまった小松が、まだ食事中の僕の右膝に乗ってくる。左膝はトラさんの定位置。誰よりも早く食べ終わるトラさんの枕になっているのだ。

「コマツはおとついに頼んだばかりだろ？　今夜は俺の番。俺は肉が食いたい。緑の細い茎が入ったやつ」

「ああ、それ美味かった、美味かった」

葉結と如雨露が食べ終わると、空《から》になった器を重ねてくれる。猫の手を器用に動かして器を重ねるのは、いつもこの二匹。ちなみに廊下の雑巾がけなども率先して手伝ってくれるからありがたい。

「緑の細い茎……ニンニクの芽かな。あれは吉津《よしつ》さんが持ってきた青森産《ジョウシン》のハウス栽培だったからな。輸入物でよければ、コンビニで買ってくるよ」

吉津さんは大手銀行で働くエリートサラリーマン。炎の神様である、火之迦具土神《ひのかぐつちのかみ》の御神代だ。水神の御神代である北嶺と違って、落ち着いた人格者。

この屋敷、通称「遊行屋敷」の食糧庫を管理しているのがこの吉津さん。食材に関してやたらうるさく、僕が遠慮なく食材を使うようになってからは、ちょくちょく屋敷を訪れてくれる。

ただし、使い方のわからない高級調味料しか届けてくれないので、定期的に近所のコンビニへ買い出しに行っているのが現状。個人的には激安スーパーに行きたいのだが、高層ビル群のど真ん中にはコンビニしかないのだ。

「啓順、今日はコンビニに行っている暇はないわよ」

最後に食べ終わるのは、決まってひいこ。

全員食べ終わると揃って食後の挨拶を済ませ、盆に器とカップを全て載せる。最新型の食洗器に入れておけば、あとは放置。この屋敷は古き良き日麩本《ニフボン》式家屋かと思いきや、最先端の電化製品が揃っているのだ。

食洗器に食器を全て入れると、廊下に置いてある黒電話が鳴った。

ひいこの予感は今日も的中。この電話は荒ぶる前の地霊が最後の力を振り絞って鳴らす、救難信号。

「はい、もしもし」

――助けて。

「すぐに行きます。耐えてください」

――お願い。

電話を置いた僕は、ひいこに次の指示を仰《あお》いだ。

言葉がなくとも、ひいこの振袖の色でそれを判断する。

今日は緑色に黒の風紋。ええと、緑色は四大元素のうち風を示して、風は癒しの象徴。ということは、風の神様の出番だな。

一度置いた受話器を再度手に取ると、それを耳に当てて念ずる。

「志那都比古神《しなつひこのかみ》、お力お貸しください！」

「とっとと来ないとブン殴るって言っておきなさい！」

「言えませんよそんなこと！」